그런 책은 없는데요…

((((((((((( )))))))))

(((   )))

(((# 그런 책은 없는데요…   )))

(((   )))

(((   )))

(((엉뚱한 손님들과   )))
             오늘도 평화로운 작은 책방

(((   )))

(((   )))

(((젠 캠벨 지음 ◆ 더 브러더스 매클라우드 그림   )))

(((노지양 옮김   )))

((((((((((( )))))))))

((((((((((( )))))))))

((((((((((( )))))))))

((((((((((( )))))))))

((((((((((( )))))))))

ꮹ현암사

옮긴이 노지양

연세대학교 영어영문학과를 졸업하고 KBS와 EBS에서 라디오 방송작가로 활동했다. 현재 전문 번역가로 일하고 있다. 『헝거(몸과 허기에 관한 고백)』, 『나쁜 페미니스트』, 『여자라는 문제』, 『싱글 레이디스』, 『에브리씽 에브리씽』, 『부탁 하나만 들어줘』 등 70여 권의 책을 번역했다.

그런 책은 없는데요…

초판 1쇄 발행 2018년 5월 28일
초판 7쇄 발행 2023년 2월 10일

지은이	젠 캠벨
일러스트	더 브러더스 매클라우드
표지 일러스트	나수은
옮긴이	노지양
펴낸이	조미현

편집주간	김현림
책임편집	구소연
디자인	나윤영

펴낸곳	(주)현암사
등록	1951년 12월 24일 · 제10-126호
주소	04029 서울시 마포구 동교로12안길 35
전화	02-365-5051
팩스	02-313-2729
전자우편	editor@hyeonamsa.com
홈페이지	www.hyeonamsa.com

ISBN 978-89-323-1918-6 03840

이 도서의 국립중앙도서관 출판예정도서목록(CIP)은 서지정보유통지원시스템 홈페이지(http://seoji.nl.go.kr)와 국가자료공동목록시스템(http://www.nl.go.kr/kolisnet)에서 이용하실 수 있습니다.(CIP제어번호 CIP2018010829)

세상의 모든 서점과
오늘도 열정으로 일하는 서점 직원들,
또 우리의 책을 사주신 단골 손님들에게
무한한 감사를 드립니다.

그리고

나를 방심할 수 없게 하고
때로는 슬며시 웃게 하고
때로는 기절초풍하게 했던
이 책에 등장한 각양각색의 손님들,

감사합니다.

차례

일러두기

- 단행본, 작품집, 시리즈 등의 책 제목은『 』, 노래, 영화는〈 〉, 신문, 잡지 등은《 》로 표기했다.
- 외래어 표기는 국립국어원 외래어표기법을 따르되, 일반적으로 통용되는 경우일 때는 그에 따르기도 했다. 본문에 등장하는 책과 영화 제목 등은 국내에 소개되어 있는 경우 그 제목을 따랐다.
- 본문에 등장하는 실제 서점과 작가 이름은 원어를 병기하였으며, 책 제목 등은 필요한 경우에만 원어를 병기하고 주석을 달았다.
- 본문의 모든 각주는 옮긴이 주이다.

1. 에든버러 서점에서

에든버러 서점Edinburgh Bookshop은 에든버러 브런츠필드 플레이스에 있는 서점으로 전에는 어린이책 전문 서점이었다. 현재는 피드라 북스Fidra Books 출판사의 대표인 바네사와 맬컴 로버트슨 부부가 운영하는 독립 서점이다. 이 서점을 지키는 개는 레온베르거 종이며 이름은 '티가'로 『피터 팬』에 등장하는 온순한 개 '나나'와 매우 닮은 구석이 있다.

www.edinburghbookshop.com

손님 1960년대에 출간된 책을 찾고 있어요. 작가는 모르겠고 제목도 기억 안 나는데… 표지가 녹색이고요. 읽으면서 여러 번 깔깔 웃었거든요. 어떤 책인지 아시겠어요?

♦

손님 이 책 환불하고 싶습니다. 가능할까요?

직원 네. 그럼요. 혹시 영수증 있으세요?

손님 여기 있어요.

직원 음, 손님 이 책은 워터스톤스Waterstone's • 서점에서 구입한 책인데요.

손님 그런데 여기도 서점이잖아요.

직원 네, 그렇긴 한데 워터스톤스 서점은 아니죠.

손님 전부 같은 체인 아닌가요?

직원 아뇨. 저희는 독립 서점입니다.

손님 ….

• 영국 최대의 서점 체인.

직원 이렇게 생각해보시면 어떨까요. 손님이 H&M에서 옷을 샀는데 자라에 가서 환불해달라고 하지는 않잖아요, 그죠?

손님 당연하죠. 다른 매장이잖아요.

직원 제 말이 바로 그거죠.

손님 …여기 매니저와 한번 이야기하고 싶은데요.

손님 어른들 책 안에는 왜 그림이 없는 걸까요? 슬프잖아요. 어릴 때는 항상 글과 그림을 보게 해놓고 어느 날 갑자기 그림만 빼앗아가 버리면 어쩌라는 거죠?

직원 …맞아요. 참으로 잔인한 세상이죠.

손님 혹시 제인 에어가 쓴 책 있나요?

손님 우리 애들이 지금 서점 책장을 타고 올라가고 있어요. 괜
찮겠죠? 책장이 앞으로 넘어오거나 그러진 않겠죠?

손님 실례합니다. 하나만 물어볼게요. 안네 프랑크^{Anne Frank} 책 속편이 있나요?

직원 ….

손님 안네 프랑크의 첫 책을 정말 감동적으로 읽었거든요.

직원 일기 말이죠?

손님 맞아요, 안네 프랑크의 일기였어요.

직원 그 일기는 소설이 아니에요.

손님 아니, 정말요?

직원 네. 안네는 마지막에 실제로 죽어요. 그래서 일기가 그렇게 끝나버린 거예요. 안네는 유대인 수용소로 끌려가게 돼요.

손님 저런… 끔찍하네요.

직원 네, 비극이죠.

손님 내 말은, 왜 그런 짓을 한 거죠? **그렇게 훌륭한** 작가한테?

♦

손님 과속 딱지를 끊는 이야기가 들어가는 범죄 소설 있나요?

♦

손님 (친구에게) 이 '문학 비평'이라는 건 무슨 뜻이야? 따로 코너도 있네? 다른 책들 지적질하는 책만 모아두었다는 말이야?

◆

손님 『1986』 있어요?

직원 『1986』요?

손님 네, 조지 오웰^{George Orwell}이 쓴 책요.

직원 아, 『1984』 말씀하시는 거구나.

손님 아니에요. 『1986』이 확실해요. 내가 태어난 해와 같아서 정확히 기억하고 있다고요.

직원 ….

◆

손님 안녕하세요? 『브레이킹 던』 있어요? 찾아봤는데 서가에 없네요.

직원 네. 죄송해요. 지금 『트와일라잇』 시리즈 책들이 품절됐어요. 저희가 주문 넣고 기다리고 있거든요.

손님 네?

직원 내일은 반드시 책이 도착합니다. 약속드릴게요.

손님 하지만 지금 당장 읽어야 하거든요. 어젯밤에 3권을 끝까지 다 읽었단 말예요.

직원 죄송합니다. 지금은 도와드릴 수 없을 것 같아요.

손님 아니, 지금 제 상황을 이해를 못하세요? 오늘 그 책 읽으려고 회사에 휴가까지 냈다고요.

직원 음…

손님 **다음 책에서 어떤 일이 일어나는지 알아야 해요. 지금 당장요!**

직원 음…

손님 그러면 유통 회사에 전화해서 오늘 오후까지 배달해달라고 할 순 없나요?

직원 그쪽도 사정이….

손님 그러면 책 도착할 때까지 여기서 기다리고 있을게요.

직원 죄송해요. 책은 아침에만 일괄 배송을 해서 오늘 오후엔 들어오지 않아요.

손님 *그러면 전 지금 뭐 하라고요?*

직원 …저희 서점엔 그 책 말고 다른 좋은 책들도 많이 있는데….

손님 (코웃음치며) 그 책에도 로버트 패틴슨Robert Pattinson● 나와요?

● 〈트와일라잇〉 시리즈 영화의 남자 주인공 배우 이름이다.

♦

손님　녹색 계열 표지로 된 책 있나요? 내가 방금 산 이 포장지
와 깔맞춤을 하려고 하는데요?

♦

손님　그 책 있어요? 제목은 생각이 안 나는데, 발이 아주 크고
털이 북슬북슬한 인간들이 나오는 책이거든요.
직원　혹시 호빗 말씀이신가요?『반지의 제왕』요?
손님　아니요… 음… 맞다. 그거다.『헤어리 바이커스The Hairy
Bikers』.•

♦

•　영국의 두 요리사가 오토바이를 타고 아시아를 여행하는 프로그램을 바탕으로
한 책. 두 남자가 털이 무척 많다.

이거 너 줄게. 대신 네 형 먹어도 되니?

손님 이 책들 너무 말도 안 되고 한심하지 않아요?

직원 어떤 책들이요?

손님 수도 없잖아요. 고양이와 쥐가 단짝으로 나오는 동화책이라든가.

직원 사실적인 책들은 아니니까요. 꾸며낸 이야기잖아요.

손님 그냥 비현실적인 정도가 아니니까 그렇죠. 정말 멍청하기 이를 데 없는 책들이에요.

직원 동화 작가들이 그런 책을 쓴 이유는 아이들에게 서로의 다른 점을 받아들이라는 교훈을 가르쳐주고 싶어서가 아니었을까요?

손님 글쎄요. 책이란 서로 상극인 사람들이 잘 지내는 척 '롤

루랄라' 한다거나 세상은 아름답지 않다는 걸 알려줘야 할 의무가 있지 않나요? 아이들은 인생이 엿 같다는 걸 배워야 해요. 한 살이라도 빨리.

손님 저희 할머니가 아그네스의 속바지가 나오는 책이 읽고 싶으시대요. 혹시 어떤 책인지 아세요?
직원 아그네스의 속바지… 아! 루이즈 레니슨^{Louise Rennison} 책*은 이쪽에 있어요.

---

* 루이즈 레니슨의 청소년 소설 『앵거스통스 Angus, Thongs and Full Frontral Snogging』를 말한다. 우리나라에는 『나는 조지아의 미친 고양이』로 소개되어 있고, 영화로도 만들어졌다. 앵거스는 주인공 조지아의 고양이다. 여기서 손님의 할머니는 앵거스 Angus의 이름을 철자와 발음이 비슷한 아그네스 Agnes로, 끈 팬티 Thong를 속바지 Knickers로 혼동했다.

손님 혹시 팝업북 형식으로 된 성교육책 있나요?

◆

손님 그런 이론 들어보셨죠? 원숭이 천 마리 앞에 타자기를 놓아주고 오랜 시간 동안 자판을 치게 하면 언젠가 명작이 하

나 나온다.

직원 …네.

손님 그러면, 그 원숭이들이 쓴 책 있을까요?

직원 ….

◆

손님 (『해리 포터』 책을 한 권 들고 와서) 이 안에 뭔가 이상한 존재가 나오나요?

직원 어떤 이상한 존재 말씀이신지? 혹시 늑대인간 같은 거요?

손님 아뇨. (속삭이며) 게이들요.

직원 …아 …네.

◆

꿀벌이 될 거야!

손님 혹시 직업에 대해 설명한 책이 있나요? 딸한테 동기 부여를 해주고 싶어요.

직원 아, 따님이 입시를 앞두고 있나요?

손님 아니요, 아직요. 우리 딸 저기 있네. 우리 공주님? 이리 와봐.

(네 살배기 아이가 온다) 우리 딸, 여기 친절한 언니랑 잠깐 얘기하고 있어. 나는 어떻게 의사나 과학자가 되는지 알려주는 책을 찾아보고 올게. 너도 의사나 과학자 괜찮지?

(아이는 아무 말도 없다)

(직원에게) 금방 갔다 올게요.

(손님은 논픽션 서가로 간다)

직원 이름이 뭐니?

아이 세라요.

직원 세라? 이름 예쁘다.

아이 고맙습니다.

직원 세라, 이다음에 크면 뭐가 되고 싶어?

아이 … 꿀벌요.

직원 참 멋진 꿈이구나.

◆

손님 제가 지금 일주일 치 장을 보러 요 앞 마트에 얼른 갔다 올 건데요. 여기 우리 애들 좀 맡기고 갈게요, 괜찮죠? 세 살, 다섯 살 남자애들이에요. 말썽 안 피울 거예요.

◆

손님 아이들에게 읽어줄 책을 써서 돈을 버는 사람들이 있다는 게 이상해요. 그런 건 엄마라면 누구나 할 수 있는 일 아닌가요?

직원 그러면 직접 한번 써보시면 어떠세요?

손님 생각이야 항상 하고 있죠. 그런데 지금은 너무 바빠서 시간이 안 나요. 도자기 수업 다니느라고.

◆

(지역에 사는 작가가 들어오더니, 자기가 쓴 책을 서가에서 빼내 서점 가운데에 있는 테이블에 올려놓는다)

직원 실례지만 뭐 하시는 거예요?

지역 작가 음, 책이 이렇게 책꽂이에 꽂혀 있기만 하면 잘 안 팔리잖아요?

◆

손님 우리 아들이 읽을 만한 책을 찾고 있어요. 여섯 살이에요.

직원 그러면 이 책은 어떨까요? 무엇에 관한 책이냐 하면…

손님 네. 그거 주세요. 살게요.

◆

손님 〈코렐라인: 비밀의 문〉이란 영화 아시죠?

직원 네, 그럼요.

손님 우리 딸이 그 영화에 푹 빠졌어요. 그 영화를 책으로 출간한다는 소식 없나요?[*]

◆

손님 여기 있는 책 전부 할인인가요, 아니면 일부 도서만 할인되나요?

◆

---

[*] 닐 게이먼 Neil Gaiman의 『코랄린』이 원작이다.

손님 만약에 우리 딸이 청소년 코너에서 책을 사고 싶다면 아이 나이를 증명할 수 있는 신분증 같은 걸 보여줘야 할까요? 이번 주에 아이가 열세 살 생일이었거든요? 여기 생일 케이크 사진 보여드릴 수 있는데. 촛불 개수 세보세요. 열세 개 맞아요.

◆

바느질책 찾습니다.

손님 기초 의학 교과서 있나요?

직원 아뇨. 의학 서적들은 계속 개정판이 나오기 때문에 재고를 쌓아두지 않아요. 필요하시면 주문해드릴 순 있어요.

손님 예전에 나온 책이라도 상관은 없는데.

직원 학교에서 정확히 개정 몇 판을 사라고 하지 않던가요?

손님 아, 제가 의대생은 아니거든요. 그냥 꿰매기나 실밥 제거법을 배우고 싶어서요.

직원 …아.

손님 …그러면 바느질책은 있겠죠?

♦

(손님이 다섯 살짜리 아들을 데리고 서점으로 들어온다)

손님 이리 들어와, 알피. 실내에 들어올 땐 신발 벗어야지.

직원 괜찮아요. 서점에서는 신발을 벗지 않아도 되는데요.

손님 애한테 그렇게 말하지 말아줄래요? 우리 집에 최근 새 카펫을 깔아서 아이가 실내에 들어갈 때마다 신발 벗는 연습을 시키는 중이에요. 계속하다 보면 몸에 배지 않을까 싶어서.

♦

손님 『브리짓 존스: 열정과 애정』 있나요? 서가에는 안 보여요.

직원 그 책이 지금 저희 서점에 없어요. 그래도 지금 바로 주문하면 48시간 안에 도착하거든요. 집으로 배송해드릴 수도 있고요.

손님 난 영국 우체국 못 믿어요. 그 책을 우리 집에 팩스로 보내줄 수 있나요?

♦

손님 마거릿 애트우드Margaret Atwood 사인이 들어간 책 있나요?

직원 저희 서점에 마거릿 애트우드 책은 여러 권 있는데요, 작가 사인이 들어간 책은 제가 알기론 없어요.

손님 실은 아내 생일 선물을 찾고 있거든요. 아내가 작가 사인본에 열광해서. 혹시 그분 사인 좀 대신 위조해주실 수 있나요?

♦

손님 『해리 포터』 시리즈의 첫 책이 뭔가요?

직원 『해리포터와 마법사의 돌』이에요.

손님 두 번째 책은요?

직원 『해리포터와 비밀의 방』입니다.

손님 그러면 『해리포터와 비밀의 방』으로 주세요. 『마법사의 돌』인가 하는 책은 안 살래요.

직원 1권은 이미 읽으셨어요?

손님 아뇨. 하지만 시리즈로 된 책을 보면 항상 본격적인 사건은 한참 후에 일어나더라고요. 처음에 잡다한 배경 설명이니 인물 소개가 너무 많이 나와요. 읽다 보면 시간 낭비 같아요.

직원 그런데 해리 포터 시리즈는 초반부터 사건이 바로 발생해요. 개인적으로 꼭 1권부터 읽으시라고 추천하는데. 처음부터 흥미진진하거든요.

손님 혹시 판매 부수에 따라서 수수료를 받으시나?

직원 아뇨.

손님 시리즈가 총 몇 권인데요?

직원 일곱 권입니다.

손님 그럴 줄 알았지. 일곱 권이나 되다니. 앞으로 살 책이 많으니 더더욱 첫 책에 돈 낭비는 안 해야겠네요. 2권 주세요.

직원 …원하시면 어쩔 수 없지만 알겠습니다.

(일주일 후, 같은 손님)

직원 안녕하세요?『해리포터와 아즈카반의 죄수』찾으세요?

손님 그게 뭐죠?

직원 『해리포터와 비밀의 방』후속편이에요.

손님 아뇨. 그 책 안 읽을래요. 책 내용이 너무 복잡하고 헷갈리더라고요. 나도 이해를 못 하겠는데 아이들은 어떻게 그 책을 이해하고 읽는다는 거지? 볼드모트인가 뭔가 그 인간은 대체 왜 그렇게 미친 거죠? 굳이 더 안 읽어도 되겠어요.

직원 ….

♦

손님 여기 허구적인 fictional 소설은 어디에 있나요?

♦

아이 엄마, 이 책 사도 돼요?
엄마 책 내려놔, 벤저민. 책이라면 우리 집에 있는 것만으로도
충분해!

♦

(전화벨이 울린다)
직원 여보세요.
손님 혹시 도움을 받을 수 있을까요? 제 조카에게 선물할 책

을 찾고 있어요. 여자아이고 여섯 살인데 어떤 책을 사주어야 할지 전혀 감이 안 잡히네요.

직원 네. 도와드릴게요. 아이가 뭐에 관심이 많은가요?

손님 그것도 잘 모르겠어요. 자주 만나질 못하거든요. 언니가 외국에 살아서요.

직원 네. 조카 이름이 뭔가요?

손님 소피요.

직원 그렇다면, 딕 킹 스미스Dick King Smith*의 『소피』 시리즈 어떠세요? 『소피는 여섯 살』이라는 제목의 책도 있거든요.

손님 아, 그거 괜찮겠네요. 좋은 아이디어예요.

직원 그럼 저희한테 재고가 있는지 확인해볼게요. 아마 있을 거예요.

손님 아뇨, 그러지 않으셔도 돼요. 인터넷으로 주문하려고요.

직원 네? 그런데… 책은 제가 추천해드렸잖아요.

손님 알아요. 고마워요. 아마존에는 왜 이런 문제를 상담할 수 있는 전문 상담원이 없는 건지. 아주 불편하다니까요. 그래도 당신처럼 작은 서점 직원들이 있으니까.

직원 ….

---

* 영국의 유명한 어린이책 작가. 『소피는 농부가 될거야』, 『소피가 학교 가는 날』 등의 『소피』 시리즈 책을 썼다.

♦

손님 포르노그래피pornography는 포토그래피photography 서가에 꽂
아놓으시나요?

♦

(한 아이가 바닥에 있는 책을 갖고 놀다가 찢어버린다)

아이 엄마 안 돼, 스티븐. (전혀 심각하지 않은 말투로) 책을 조
심히 다뤄야지. (아이에게서 책을 빼앗아서 책꽂이에 다시 꽂
아놓는다)

직원 손님, 실례합니다만.

아이 엄마 네?

직원 방금 아드님이 '차 마시러 온 호랑이'의 머리를 찢어버
렸는데요.

아이 엄마 그러게요. 애들이란, 못 말린다니까, 그죠?

직원 네. 그런데 저희는 이제 저 책을 판매하지 못하잖아요.
파손되었으니까요.

아이 엄마 **그래서 저더러 어쩌라고요?**

♦

손님 찰스 디킨스Charles Dickens가 쓴 책 중에 웃긴 책도 있나요?

● 찰스 디킨스의 『어려운 시절』 패러디.

◆

손님 열한 살짜리 딸에게 사줄 책을 찾고 있어요. 추천하는 책이 있나요? 얼토당토않은 것 말고 교육적인 책이면 좋을 텐데.

직원 그렇다면 『히틀러가 분홍색 토끼를 훔치던 날』은 어떠세요? 열한 살이면 학교에서 곧 제2차 세계 대전을 배울 텐데, 이 책은 주디스 커Judith Kerr의 자전적 소설이에요. 주디스 커의 아버지가 독일 기자였는데 히틀러에 반대하는 발언을 해서 가족이 유럽 전역을 떠돌게 되고, 그녀가 프랑스와 영국의 학교를 다니면서 새로운 언어를 배워가는 이야기를 담은 책이에요.

손님 우리 딸이 히틀러니 나치니 하는 얼토당토않은 건 안 배웠으면 좋겠는데. 어쨌거나 너무 오래전 이야기잖아요. 현실과는 거리가 너무 멀지 않나. 아무튼 그런 이야긴 싫증 나요.

◆

손님 이 책 먹을 수 있나요?

직원 …아니요.

◆

손님 이 서점에 어린이들을 위한 동화 구연 프로그램 있나요?

직원 네. 화요일마다 하고 있어요. 유아 대상으로요.

손님 잘됐네요. 저 위쪽 골목에 있는 놀이방이 너무 비싸서요. 그동안 애 때문에 꼼짝을 못 했는데 시간이 생기면 쇼핑도 하고 네일도 할 수 있겠어요.

직원 죄송한데, 그렇게는 어려워요. 이야기 시간에 부모님이 아이들을 지켜보고 계셔야 되거든요.

손님 왜요?

직원 …그야 저희는 놀이방이 아니니까요.

◆

손님 (문 앞에서 큰 목소리로 소리 지르며) 혹시 직원 구하세요? 들어가서 제대로 말씀 나눠보고 싶기도 한데 지금은 너무 바빠요.

손님 하루 종일 책에 둘러 싸여 있는 거 괜찮아요? 불안하지 않으세요? 나 같으면 이 책들이 전부 서가에서 한꺼번에 뛰어내려서 나를 죽일까 봐 하루 종일 두려움에 떨다 노이로제 걸릴 거예요.

직원 ….

◆

직원 손님, 제가 도와드릴까요?

손님 네. 소설 코너는 어디인가요?

직원 저쪽 벽 끝에서부터 전부 소설이에요. 특별히 찾으시는 책이 있나요?

손님 스테판 브라우닝이라는 사람이 쓴 책 있나요?

직원 제가 못 들어본 작가이긴 한데요. 주로 어떤 장르의 책을 쓰는 작가인가요?

손님 어떤 책을 썼는지는 나도 몰라요. 왜냐면 내 이름이 스테판 브라우닝이거든요. 서점에 들어갈 때마다 나와 동명이인인 작가가 쓴 책이 있는지 찾아보는 게 취미라서요.

직원 …아하 …네.

손님 혹시나 발견하면 바로 사려고요. 그리고 그 책을 늘 들고 다니면서 만나는 사람들에게 내가 쓴 소설이 출간되었다고 말하는 거죠. 그러면 사람들이 날 근사한 사람으로 보겠죠? 어떻게 생각하세요?

직원 ….

◆

손님 좀 멍청한 질문일 수는 있는데요. 혹시 여기에 우유 있어요?

손님 로또 복권 파세요?

손님 일자 드라이버 팔아요?

◆

손님 LGBT 소설 코너가 있나요?

직원 저희 서점에선 일반 소설과 따로 분리해서 진열하진 않았어요. 하지만 LGBT 소재 문학은 여러 권 있어요. 세라 워터스Sarah Waters도 있고요. 알리 스미스Ali Smith, 재닛 윈터슨Jeanette Winterson, 크리스토퍼 이셔우드Christopher Isherwood의 책도 있고요.• 특별히 찾는 작가 있으세요?

• 네 명의 작가 모두 한국에서도 책이 출간되었다. 대표작으로는 세라 워터스 『핑거 스미스』, 알리 스미스 『우연한 방문객』, 재닛 윈터슨 『오렌지만이 과일은 아니다』, 크리스토퍼 이셔우드 『싱글맨』이 있다.

손님 아뇨. 괜찮습니다. 소설 섹션을 천천히 둘러보면서 찾아볼게요. 감사합니다.

다른 손님 어쩌다 엿들었는데, 제대로 들은 거 맞나요? 동성애자에 관한 책이 평범한 소설들과 같이 섞여 있단 말이죠?

직원 소설은 한 구역에 모아두어서요.

(그 손님은 손에 들고 있던 책을 미심쩍게 바라보더니 서가에 도로 꽂는다)

◆

손님 정말 재미있는 자서전이나 전기를 찾고 있어요. 추천해 주고 싶은 책이 있나요?

직원 그럼요. 지금까지 읽었던 자서전 중에 어떤 책을 가장 재미있게 읽으셨어요?

손님 글쎄요. 히틀러의 『나의 투쟁』을 사랑하긴 했는데.

직원 ….

손님 '사랑'이 적절한 단어 선택은 아니었죠?

직원 네. 그런 것 같네요.

손님 '좋아했다'가 더 낫겠어요. 그 책 무척 좋아했어요.

직원 ….

◆

손님 원래 이 가게 자리에 카메라 전문 매장이 있지 않았어요?

직원 맞아요. 하지만 저희가 1년 전에 이 가게를 샀어요.

손님 아, 그러면 지금은….

직원 지금은 서점입니다.

손님 그렇구나. 그러면 카메라는 어디에 보관하세요?

◆

손님 올해 1년 동안의 일기 예보를 해주는 책 있나요?

◆

손님 『해리 포터』 신작을 사야 하는데 서점 문 여나요?

직원 네. 그 책 때문에 자정에 영업을 시작해요.

손님 훌륭하네요. 그럼 몇 시에 열어요?

◆

손님 부활절 이야기에 관한 책이 있나요?

직원 그럼요, 있죠.

손님 잘됐네요. 무조건 병아리와 토끼가 많이 등장하는 책*이

면 좋겠어요. 고마워요.

---

* 　부활절은 원래 십자가에 매달린 예수 그리스도의 부활을 기념하는 축일인데,
　오늘날에는 토끼와 달걀이 부활절 문화의 중심을 차지하고 있다.

◆

손님 시어머니 관련 유머집 있나요? 농담하는 것처럼 시어머니께 한 권 선물하려고요. 그런데 아시겠지만, 농담이지만 농담이 아닌 거죠.

◆

아이 엄마, 이 책 보세요. 『101마리 달마시안』이에요. 나도 101마리 강아지 키울 수 있어요?
아이 엄마 아니, 안 돼, 아가야. 집에 햄스터 한 마리 있잖아. 그거면 충분하지 않을까?

◆

아이 엄마 아들에게 사줄 책을 찾고 있어요. 이제 일곱 살인데, 신동이랍니다. 아마 정신 연령은 거의 스무 살이라고 할 수 있을걸요. 권해주고 싶은 책 있나요? (아이는 전등 스위치를 찾아내더니 껐다 켰다를 반복하고 있다) 지금 자기가 만들어낸 '낮과 밤'이라는 게임을 하고 있는 거예요.
직원 죄송한데 못 하게 해주실 수 있나요? 다른 손님들을 응대하려면 계산대가 밝아야 하거든요.

아이 엄마 괜찮아요. 몇 분 있다가 멈출 거예요. 보세요. 지금은 코 고는 척을 하고 있죠? 몇 분 후엔 일어나는 척할걸요. 해가 뜬다고 상상하면서 불을 켜는 거죠. 상상력이 정말 풍부하지 않아요? 데이비드, 지금 몇 시야?

아이 새벽 5시.

아이 엄마 (직원에게) 보세요. 얼마 안 남았죠? 조금만 더 기다려주세요.

◆

손님 혹시 요즘 직원 구하고 있지 않으세요? 우리 딸이 토요일에 여기서 일하면 좋을 텐데.

직원 따님이 저희 서점에서 일하는 데 관심이 있다면요. 이곳으로 와서 보고 직접 이야기해보는 게 가장 좋을 거예요.

손님 사실 우리 딸은 일자리에 관심이 없어요. 도무지 의욕이 없죠. 그게 바로 문제예요. 그래서 말인데 언제 한번 우리 집에 들르셔서 우리 딸에게 이 서점에 와서 일해보라고 설득해주시겠어요? 그러면 고민해볼 수도 있는데.

◆

손님 『어톤먼트』* 있나요? 영화 표지로 된 책 말고요. 정말 싫어요, 그 표지. 키이라 나이틀리Keira Knightley 목만 보면 주먹으로 뭔가를 치고 싶어져요.

손님 이 책 환불해주시겠어요?
직원 책에 어떤 문제가 있나요?
손님 완전히 못쓰게 되었잖아요. 난 손도 거의 안 댔는데. 이럴 순 없어요!
직원 무슨 말씀이세요?
손님 아니, 난 그저 욕조에 이 책을 떨어뜨렸을 뿐이거든요. 그런데 보세요. 한 글자도 읽을 수가 없을 지경인 거!

손님 장례식에서 읽으면 좋을 글귀가 담긴 책이 있을까요?
직원 그럼요. 제가 찾아드릴게요.
손님 고맙습니다.

---

* 이언 매큐언Ian McEwan의 소설 『어톤먼트』(국내에서는 제목이 『속죄』로 번역되어 출간)는 2007년에 영화로 개봉했는데, 여자 주인공이 키이라 나이틀리다.

직원 저… 고인의 명복을 빕니다.

손님 아, 그런 거 아니고, 우리 딸 기니피그가 죽었어요.

◆

손님 (제이미 올리버Jamie Oliver의 요리책을 들고) 제가 여기 있는 조리법이 적힌 페이지를 복사하면 신경 쓰이실까요?

직원 네. 신경 많이 쓰일 거예요.

◆

손님 시 코너는 어딘가요?

직원 저쪽이에요.

손님 네. 그런데 이 시를 누가 썼는지 아세요? "생일 축하합니다. 너희 집은 동물원. 원숭이를 닮았네. 원숭이 냄새도 나."•

직원 ….

손님 비슷한 시들만 모아 놓은 책도 있나요?

• 〈생일 축하합니다〉 노래를 개사한 것. 주디 블룸Judy Blume의 책 『안녕하세요, 하느님? 저 마거릿이에요』에서도 이 가사의 생일 축하 노래가 등장한 적이 있다.

손님 총 만드는 법이 나오는 만들기책 있나요?

◆

손님 예전부터 제 꿈이 서점 주인이었는데.

직원 그러세요?

손님 그럼요. 서점에는 서점만의 매력과 분위기가 있잖아요. 이를테면, 굉장히 편안하고 느긋해 보여요. 쉬엄쉬엄 놀면서 해도 될 것 같아요.

◆

(전화벨이 울린다)

직원 여보세요?

손님 그 서점에 불만 사항이 있어서 건의하려고요.

직원 네, 말씀하세요. 어떤 문제가 있으신가요?

손님 우리 딸이 『괴물 그루팔로』*를 읽고 며칠째 악몽을 꾸고 있어요.

직원 그런가요?

손님 이 문제를 어떻게 하실 거예요?

직원 이제까지 아이가 『괴물 그루팔로』를 읽고 악몽을 꾼다는 이야기를 들어본 적이 없거든요. 원래가 공포스러운 책이 아니라서요. 이 책을 추천한 저희 직원도 이런 일이 생길 거라곤 생각 못 했을 거예요. 그런데 그 책, 언제 저희 서점에서 구입하셨나요?

손님 그 서점에서 구입한 거 아닌데요.

직원 ….

손님 여기는 캐나다예요. 구글에서 이 책의 재고가 있다고 나오는 모든 서점을 검색해서 전화중이고요. 지금 제가 그쪽에 전화 건 이유는 지금 당장 이 책에 대한 판매 중지를 요청하기 위해서예요.

직원 …아.

---

* 줄리아 도널드슨 Julia Donaldson(글), 악셀 셰플러 Axel Scheffler(그림)의 동화책.

(침묵)

손님 이 책 재고 없애주실 거죠?

직원 아뇨. 그럴 일은 없을 거예요.

손님 왜요?

직원 왜냐하면 손님 같은 경우는 특수한 상황이고요. 이 책은 많은 독자들과 저희 서점 손님들에게 사랑받는 책이거든요.

손님 휴, 그러시군요…. 알겠어요. 그러면 우리 딸의 정신과 상담 내역서를 뽑아서 그 비용을 당신네 같은 악랄한 서점들과 나누도록 하겠어요.

직원 궁금해서 여쭤보는데, 이제까지 그 책을 팔지 않겠다고 한 서점이 한 곳이라도 있었나요?

손님 지금 요점에서 어긋나는 이야기를 하고 계시네요.

(전화 끊김)

♦

(손님이 서가에서 책을 한 권 꺼내 읽는다. 그러다 페이지 귀퉁이를 삼각형으로 접더니 다시 서가에 꽂아둔다)

직원 손님, 지금 뭐 하시는 건가요?

손님 방금 이 책 1장까지 읽었는데 마저 읽으면 친구와의 점심 약속에 늦게 돼서요. 그래서 이렇게 표시해놓고 내일 다시 와서 마저 읽으려고요.

2. 리핑 얀스 이야기

리핑 얀스Ripping Yarns 서점은 북런던의 하이게이트
지하철역 맞은편에 있는 서점으로 제2차 세계 대전 무
렵부터 있었던 유서 깊은 고서점古書店이다. 27년 전*
셀리아 미첼과 그녀의 남편이자 시인인 아드리안 미
첼이 이 서점을 매입했고, 마이클 폴린Michael Palin과
테리 존스Terry Jones **(영국의 코미디 그룹인 몬티 파
이선Monty Python 명예의 전당에 오름)가 재오픈했다.
이 서점의 터줏대감인 열세 살 골든레트리버 암컷 데
이지는 서점 한가운데에 자리 잡고 앉아서 사람들이
지나가건 말건 조금도 비켜줄 생각을 하지 않는다.

www.rippingyarns.co.uk

---

*   영국에서 이 책의 초판이 출간된 해(2012년) 기준.
** 두 사람 모두 영국의 유명한 희극인이자 배우, 작가로
   다양한 활동을 하고 있다.

손님 실례합니다. 혹시 셰익스피어^{William Shakespeare} 사인본 희곡집 있나요?

직원 음… 셰익스피어 연극에 참여한 배우들의 사인이 들어간 책 말씀하시는 건가요?

손님 아니, 윌리엄 셰익스피어 작가 사인이 들어간 책요.

직원 ….

◆

어떤 사람 패트릭이란 사람을 찾고 있는데요.

직원 저희 서점 직원 중에 그런 이름은 없는데요.

어떤 사람 그럼 혹시 이곳에 사는 사람인가요?

직원 …여기엔 아무도 살지 않아요. 이곳은 서점이에요.

어떤 사람 확실합니까? 장담해요?

◆

손님 안녕하세요. 만약 책을 사서, 읽은 다음, 다시 가져오면 다른 책으로 교환이 되나요?

직원 그건 안 되죠…. 손님들이 그렇게 하시면 저희는 돈을 벌 수 없으니까요.

손님 아! 그렇군요.

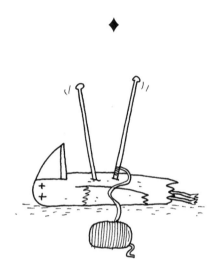

(전화로)

직원 감사합니다. 리핑 얀스 서점입니다.

손님 거기 모헤어 울로 된 털실 있어요?

직원 죄송합니다. 저희는 실을 취급하는 상점이 아니라 서점 이에요.

손님 리핑 얀스라면서요.

직원 네. 이야기할 때 나오는 '얀스'• 예요.

손님 이름 이상해요.

직원 몬티 파이선 그룹에서 이야기나 에피소드를 '얀스'라고 부르던 데서 인용한 표현이에요. 유명한데….

손님 그럼 울은 팔지 않으신단 말이죠?

직원 네.

손님 아무리 생각해도 터무니없네요.

직원 …그래도 저희는 죽은 앵무새•• 는 팔아요.

손님 뭐라고요?

직원 앵무새요. 죽은. 숨을 멈춘. 세상 하직한 앵무새. 관심 있으면 사시겠어요?

손님 음. 아뇨.

직원 마음 바뀌면 다시 전화주세요.

• 리핑 얀스는 이 서점의 주인인 마이클 폴린과 테리 존스가 쓴 코미디 시리즈로 ripping은 영국 속어로 훌륭한, yarn은 이야기를 뜻한다. yarn에는 실, 방적사라는 뜻도 있어 손님이 착각한 것이다.

•• 몬티 파이선의 유명한 에피소드인 '죽은 앵무새'를 말한다. 이 이야기 속 상점에서는 죽은 앵무새를 팔았고 손님이 그 앵무새를 들고 바꾸러 오지만 주인은 죽지 않았다고 우기며 옥신각신한다. 실(yarns)은 팔지 않지만 이야기(몬티 파이선의 에피소드)는 판다는 의미로 보인다.

직원 계산 끝났고, 배송료까지 합쳐서 총 13.05파운드입니다. 잠깐만 기다리세요. 카드 결제 단말기 가져올게요.

손님 어? 그렇겐 안 돼요. 절대 안 된다고요. 12.99파운드로 해주세요. 숫자 13으로 시작되는 금액은 절대 지불하지 않겠어요. 지금 당신, 나한테 불운을 안겨주려고 하는 거죠? 바꿔주세요. 안 그러면 내가 걷다가 맨홀에 빠져서 죽길 바라지 않는 다른 서점으로 가겠어요.

◆

손님 여기는 어떤 서점인가요? 전문 서점인가요?

직원 고서점이에요.

손님 그러면 물고기에 관한 책만 전문적으로 파는 건가요?[•]

•　antiquarian(골동품)을 aquarium(수족관)으로 잘못 알아들은 것으로 보인다.

손님　아이팟 충전기 파나요?

직원　…아뇨.

손님　왜죠? 왜요?

◆

(전화벨이 울린다)

직원　감사합니다. 리핑 얀스 서점입니다.

남자　여보세요. 리핑 얀스인가요?

직원　맞습니다.

남자　서점인가요?

직원　…네.

남자　거기 있으세요?

직원　네? 무슨 뜻인지….

남자　지금 그 서점에 당신이 있다는 거죠?

직원　음… 그럴 확률이 높겠죠. 손님이 전화를 걸었고 저는 그 전화를 받았으니까요.

◆

손님 안녕하세요.『물의 아이들』* 한 권 사고 싶은데요. 아주 예쁜 일러스트가 곁들여져 있으면 좋겠어요. 그런데 돈을 다 주고 사고 싶지는 않으니까 어떤 판본이 있는지 있는 대로 다 보여주세요. 보고 결정한 다음에 집에 가서 그 책을 인터넷으로 사려고요. 괜찮을까요?

남자 안녕하세요. 제가 이번에 제 그림책을 자비 출판했습니다. 친구들은 전부 제가 이 시대의 반 고흐가 될 것이 틀림없다고 하던데요. 제 책을 예약 주문하실 생각 없습니까? 몇 권이 필요하세요?

직원 아시겠지만, 반 고흐는 생전에 한 번도 대중의 인정을 받지 못한 작가가 아닌가요?

남자 ….

---

* 영국 작가 찰스 킹즐리 Charles Kingsley의 명작 동화로 1863년에 출간된 작품. 굴뚝 청소부인 소년 톰이 일을 하다 실수하여 사람들에 쫓겨 강에 빠졌으나 물속에서도 숨 쉴 수 있는 '물의 아이'가 되어 물의 세계에서 살면서 온갖 실패와 고난을 겪고 나서 영혼의 구원을 받게 되기까지의 교훈적 동화이다.

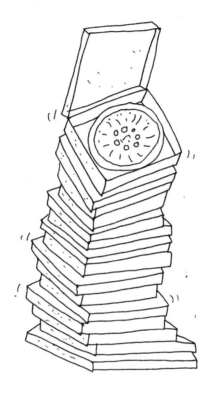

피자 배달부 (피자 상자를 잔뜩 들고 서점으로 들어와서, 혼자 우두커니 서점을 지키고 있는 직원을 보더니 말한다) 안녕하십니까? 피자 열다섯 판 주문하신 거 맞나요?

여자 안녕하세요. 우리 딸이 학교 끝나고 집에 가는 길에 이 서점에 들러서 책을 살 거예요. 그런데 이 애가 요즘에 자꾸 성적인 내용이 들어가는 책을 사려고 하네요. 아직 열두 살밖에 안 되었거든요. 그러니까 여기 직원분이 아이를 주시하면서 연령에 맞지 않는 책은 못 사게 해주시겠어요? 아이가 살 수 있는 책의 작가 목록을 드릴 수도 있어요.

직원 어머님 뜻은 충분히 존중하지만 그렇다면 따님과 저희 서점에 함께 오셔서 책을 고르는 게 더 쉽지 않을까요?

여자 그건 아니죠. 애도 아닌데. 다 컸는걸요. 아가씨예요. 혼자서도 충분히 알아서 할 수 있어요.

손님 이 서점에서 가장 무거운 책을 사고 싶습니다.

손님 흑마술에 관한 책 있나요?

직원 …아니요.

손님 그러면 그런 유의 책을 어디서 파는지 아세요?

직원 녹턴 앨리^{Knockturn Alley}•에 가보면 있지 않을까요?

손님 거기가 어디죠?

직원 런던 중심가에 있잖아요.

손님 감사합니다. 눈 똑바로 뜨고 열심히 찾아볼게요.

남자 흑백 영화 포스터들 있나요?

직원 네. 저쪽에 있습니다.

남자 그러면 아돌프 히틀러 포스터도 있나요?

직원 네?

남자 아돌프 히틀러요.

직원 아돌프 히틀러는 영화배우가 아니었지 않나요?

남자 아니, 영화배우가 맞죠. 미국인이고. 유대인이었던가?

직원 ….

• 『해리 포터』 시리즈에 나오는 가상의 거리. 어둠의 마법에 관련된 물건만
   취급하는 가게들이 모여 있는 수상하고 어두컴컴한 골목이다.

손님 베아트릭스 포터Beatrix Potter*가 공룡에 관한 책을 썼나요?

♦

손님 물어보고 싶은 게 있어요. 여기서 일하다 보면 황당한 부탁 하는 사람 많죠?

---

*   토끼가 주인공인 『피터 래빗』 시리즈의 작가.

손님 (문 옆으로 고개만 쏙 내밀고) 개를 데리고 들어가도 되나요?

직원 네. 괜찮습니다. 문 앞 게시판에 얌전한 개는 입장 가능하다고 적혀 있어요.

손님 그런데 얌전하지가 않아서요. 사람들을 물 수도 있어요.

직원 …그렇다면 밖에 두는 것이 좋겠네요.

◆

손님 저 혹시 차 한 잔 마실 수 있을까요?

직원 음… 그게….

손님 고마워요. 목이 말라서.

직원 (서가를 가리키며) 혹시 찾고 계신 책이나 마음에 드는 책 있으세요?

손님 오, 책을 사려는 건 아니고요. 버스 기다리고 있어요.

◆

미국의 한 독자가 19세기에 출간된 책을 한 권 주문해 받은 다음에 책의 상태에 심각한 이상이 있다며 반품을 요구했다. 서점 직원들은 그 책의 상태가 온전했다고 확신했지만 고객에게 책을 돌려보내라고 말했다. 종이봉투에 대충 들어 있던 책은 사진이 있는 페이지에만 포스트잇이 붙어 있었다. 책 등 또한 꺾여 있었는데, 아무래도 책이 복사기 위에 장시간 놓여 있었던 것으로 보였다. 책에 있는 사진만 복사를 마친 후에 다시 반품한 것으로 애초에 소장하려는 의도도 없었던 것 같았다. 직원들은 ABE 북스(이 고객이 책을 구입했던 고서적 구매 사이트)에 이 사실을 알렸다. 그 사이트에서 책 소매업자에게는 돈을 지불했고 구입했던 고객에게는 환불을 해주긴 했지만 강한 경고를 했다고 한다.

이후 다음과 같은 무시무시한 이메일이 도착했다.

손님 너희 서점이 이번 거래를 평생 동안 기억하게 하고 말겠다. 너희 인생에 흉악한 일이 생길 때마다 본인의 업보라는 것을 깨닫게 될 것이다. 나는 예언자이고 예수 그리스도의 이름으로 너희에게 엄중히 경고한다.

몇 주 후에는 이 사람이 서점에 A4 사이즈의 봉투를 보냈고 그 안에는 자기 안의 악마와 화해하라는 내용의 종교 팸플릿이 여러 장 들어 있었다고 한다.

손님 (전기 한 권을 손에 들고) 이 책과 똑같은데 사진만 없는 책 있나요?

직원 모든 판에 글과 함께 사진이 들어가 있는 것으로 알아요.

손님 왜요?

직원 그래야 전기에 등장하는 인물들이 어떻게 생겼는지 볼 수 있으니까요.

손님 사진이 영 마음에 안 들어요.

직원 그러신가요.

손님 그럼 대신 이 사진들 몽땅 잘라줄 수 있나요?

직원 ….

◆

손님 이 서점에 새 책은 없나 봐요?

직원 네, 저희는 고서적 전문점이라서요. 절판되었거나 오래 전에 간행된 책들을 판매하고 있어요.

손님 그럼 다른 사람들 손 탄 책이겠네요.

직원 …아마도 그럴 가능성이 높겠죠?

손님 그러면 내가 여기서 책 살 일은 없겠다. 안녕히 계세요.

직원 …네.

◆

손님 아주 오래된, 고전 포르노 잡지 있나요?

◆

손님 (고개를 약간 갸우뚱하며) 그런데 이 서점은 운영이 잘 되나요?

직원 근근이 버티고 있어요.

손님 아, 안쓰러워라. 킨들^{Kindle}• 때문이죠, 그렇죠?

직원 글쎄요. 사실은, 마트가 사람들에게 책은 돈 주고 살 가치가 없다고 생각하게 만들기 때문이지요.

손님 그런가요? 그 생각은 못 해봤네요. 너무 안타깝다. 그죠?

(5분 후)

손님 이 책 얼마예요?

직원 10유로예요.

손님 5유로로 깎아주시면 안 될까?

◆

손님 제가 예전에 무척 아꼈던 1980년대 책이 있는데 제목이 생각이 안 나요.

직원 더 기억나는 건 없으세요?

손님 아마도 '360편의 동화'였던 것 같아요.

직원 (영국 도서관 목록을 검색해보고) 손님, 그 제목으로 나온 책은 없네요.

• 인터넷 서점 아마존이 발매한 전자책 서비스 전용 단말기

손님 숫자가 틀렸는지도 모르겠다. 그러면 '동화'란 제목으로 검색해봐 주시겠어요?

직원 …그러면 시간이 한없이 걸릴 듯한데요.

◆

손님 아이고, 우체국 줄이 왜 이렇게 긴지. 난 1종 우표 한 장만 사면 되는데. 혹시 우표 가진 것 있어요? 내가 한 장 사면 안 될까?

직원 아뇨. 우표는 없어서요.

손님 그럼 말이지. 나 대신 가서 줄 서 줄 수 있을까? 댁이 나보다 훨씬 젊잖우. 아가씨 다리라면 충분히 버틸 수 있을 거야.

직원 그건 안 되겠어요. 저 지금 이 서점 혼자 지키고 있잖아요.

손님 내가 대신 이 서점 봐주면 안 될까?

직원 안 돼요, 손님. 절대로요. 제 입장이 많이 곤란해지거든요.

손님 아, 참 도움이 하나도 안 되는구랴.

(화가 나서 나가버린다)

손님 (직원을 유심히 보면서) 갈색 눈이네요?

직원 네.

손님 우리 엄마가 갈색 눈동자를 가진 사람은 절대 신뢰하지 말라고 했는데.

직원 …손님 눈동자도 갈색인데요.

손님 ….

◆

손님 만약에 제가 여기서 일하게 되면, 옆에 있는 주류 매장에서 할인을 받을 수 있나요?

◆

이 가게 간판은 얼마죠?

RIPPINg YARNS

손님 안녕하세요.

직원 네, 뭘 도와드릴까요?

손님 아 네, 이 가게 밖에 걸려 있는 간판이 너무 예쁘더라고요.

직원 고맙습니다.

손님 정말로 깜찍하고 귀여워요….

직원 …아, 네….

손님 …혹시 간판 저한테 팔지 않으실래요?

남자 안녕하세요. 제가 지금 쓰고 있는 책에 관해서 상담할 수 있을까 해서요.

직원 네. 말씀하세요.

남자 여기 있는 이 책인데요. (그가 '책'이라고 명명한 것을 꺼낸다. A4 크기의 줄 쳐진 종이가 여러 장 붙어 있다)

직원 대략적으로 어떤 책인지 소개해주신다면요?

남자 일단 아동서고요. 제가 사진을 찍었고 제 파트너가 사진과 어울리는 시를 썼습니다.

직원 그래요? 전문 사진작가이신가요?

남자 아뇨. 그렇진 않은데, 그래도 줄곧 핸드폰 카메라로 사진을 찍어왔어요. 썩 괜찮지 않나요?

직원 글쎄요. 약간 흐릿하네요.

남자 그래서 더 분위기 있고 독특하잖아요.

직원 친구분이 글을 쓰셨다고 하셨는데 그분의 시가 매체에 발표된 적은 있나요?

남자 아뇨. 그 사람은 그런 종류의 권위를 거부하는 사람이라서.

직원 …음. 그렇군요…. 그럼 다음 단계는?

남자 책으로 출판해야죠.

직원 어떻게 실행할 계획이세요?

남자 출판사들에 보내야죠.

직원 어떤 출판사요?

남자 전통 있는 유명 대형 출판사. 아니 모든 출판사에 보내려고요. 그렇게까지 어렵진 않겠죠?

직원 선생님의 그 모든 노력과 열정을 존중하지만 사실 책 한 권 출판한다는 게 그리 만만한 일은 아니에요.

남자 내 파트너는 기가 막힌 아이디어라고 했는데. 출판이 그렇게까지 복잡하고 까다로울까요? 요즘엔 어딜 가나 책들이 널려 있잖아요. 사방 천지 책이에요. 이 서점만 해도 책이 얼마나 많습니까!

직원 그러게요. 하지만 여긴 책만 파는 서점이라는 점을 고려해야 하지 않을까요?

♦

손님 별자리에 관한 책 있어요?

직원 네. 점성학 코너에 있어요.

손님 다행이다. 고마워요. 지금 당장 내 별자리 운세를 확인해 봐야겠어요. 오늘 나한테 뭔가 안 좋은 일이 생길 것만 같은 불길한 예감이 구름처럼 몰려오고 있거든요.

◆

손님 저한테『피크위크 클럽의 기록^{The Pickwick Papers}』◆ 초판이 있거든요. 이 서점에 팔면 얼마 받을 수 있을까요?

직원 (책을 꼼꼼히 살펴보며) 그런데 이 책은 1910년에 인쇄된 책인데요?

손님 그렇죠.

직원 『피크위크 클럽의 기록』은 1837년에 처음 출간되었어요. 그러니까 이 책은 초판이 아니죠.

손님 아니에요. 이 책은 1910년에 초판이 나왔어요.

직원 디킨스는 1910년 전에 이미 사망했는걸요.

손님 제가 알기론 아니에요. 나한테 지금 거짓말하고 헐값에 구입하려는 건가요?

직원 맹세코 그런 건 아니에요.

손님 (잠깐 동안 책을 노려보더니 재빨리 다시 집어든 다음) 소더비 경매장이라면 진가를 알아줄 거야.

(문을 박차고 나간다)

◆

◆ 찰스 디킨스를 유명하게 만든 작품으로 중년 신사 피크위크가 영국을 여행하며 겪는 모험과 사건들로 이루어진 작품.

손님 안녕하세요, 정액 요리책 있나요?

직원 아뇨. 없습니다.

손님 그거 안타까운 일인데요. 꼭 한번 먹어보고 싶거든요. 먹어본 적 있으세요?

직원 아뇨, 없습니다.

◆

손님 『제인 에어』 있어요?

직원 아, 있었는데 오늘 아침에 팔렸어요, 죄송합니다!

손님 아… 혹시 『제인 에어』 읽으셨나요?

직원 그럼요, 제가 제일 좋아하는 책이에요.

손님 이런 행운이! (직원 옆에 자리 잡고 앉는다) 저한테 그 책에 대해 아는 대로 말해주실래요? 감상평도 좋고요. 그 책에 관한 감상문을 내일까지 제출해야 해서요.

◆

손님 종교 서적만 모아놓은 코너가 따로 있나요?

직원 그럼요. 저쪽에 있습니다.

손님 그런데 성경 바로 옆에 리처드 도킨스Richard Dawkins* 책을 꽂아두었네요.

직원 네. 종교에 관련된 모든 종류의 책은 같은 분야에 꽂아두거든요.

손님 이것만 알아둬요. 이건 죄악이에요. 그리고 당신은 지옥으로 떨어질 거예요.

◆

노신사 안녕하신가? 성性에 관한 책을 찾을 수 있을까요?

직원 네. 두세 권 있어요.

노신사 그렇군요. 그런데 내가 고관절인공관절수술을 받아서요. 얼마나 오래 기다릴 수 있을지 모르겠네.

직원 …네.

노신사 컴퓨터로도 찾을 수 있지 않나? 그렇죠?

직원 …그럴 수 있죠. 필요하면 컴퓨터로 찾아요.

노신사 그러게, 그것 참 대단한 물건이야. 인터넷이라는 거.

◆

• 진화론의 대중화에 기여한 과학자로 저서 『만들어진 신』에서 신이 존재하지 않음을 주장했다.

손님 지도 있어요?

직원 네. 있습니다. 길 찾는 지도 말씀이시죠?

손님 네.

직원 오래된 지도들이 있는데요. 영국 국립지리원의 육지 측량부 지도와 도로 지도들이죠. 여기 있습니다.

손님 도버 해협까지 가는 길을 알려주는 지도가 필요한데.

직원 (의아한 표정) 영국 남동부 지도가 있는지 모르겠네요. 영국 전도는 있으니까 그 안에 남동부도 있을 거예요.

손님 자세해야 하는데. 걸어가야 하거든요.

직원 네? 걸어가신다고요?

손님 네.

직원 여기서 도버 해협까지요?

손님 그렇다니까요.

직원 아주 아주 아주 멀지 않나요?

손님 여기서 한 10킬로미터 되지 않나?

직원 아뇨, 130킬로미터는 족히 될걸요.

손님 그러면 그쪽 방향을 손가락으로 짚어줄래요?

직원 여기서 어디로 가야 하는지 저도 모르는데요.

손님 알겠어요. 그냥 바다 냄새 나는 쪽을 따라가지 뭐.

◆

손님 『댈러웨이 부인』 있어요? 많이 오래된 책이었으면 좋겠어요. 한 1850년대 정도?

직원 …•

♦

서점 대표님께

귀하의 서점에 직원을 뽑고 계신지 알고 싶어 연락을 드렸습니다. 이전에 대표님의 서점에 갔을 때 아늑한 분위기와 개개인에게 맞는 책을 추천해주는 친절한 서비스에 감동받았습니다. 귀하의 서점은 제 마음속 깊은 곳에 친구처럼 자리하고 있습니다.

제 이력서를 첨부합니다.

감사를 담아.

(누군가 북런던에 있는 모든 서점에 똑같은 이메일을 보냈다)

• 『댈러웨이 부인』은 1925년에 출간되었다.

（한 남자가 담배를 피우며 서점으로 들어온다）

직원 저 죄송한데요?

남자 네?

직원 담배를 꺼주시겠어요?

남자 왜요?

직원 공공장소에서 흡연은 금지되어 있습니다.

남자 여긴 공공장소가 아니지 않나요? 당신과 나밖에 없잖아요.

직원 그렇다 해도 여전히 공공장소죠. 그리고 무엇보다도 이 서점은 화재에 굉장히 취약해요.

남자 왜죠?

직원 …그야 여기는 사방이 종이로 가득 채워져 있으니까요.

남자 아, 그렇습니까?

◆

손님 혹시 제가 여기 자전거 놔두고 갔나요?

손님 자연 분야 책도 있나요?

자연 가이드를 찾고 있어요.

갈 만한 장소들, 추천 장소들

소개해주는 책이요.

직원 네. 자연 분야는 저쪽입니다.

손님 아니다. 죄송합니다.

말실수였어요.

자연이 아니라 자연주의자^{naturist}·였어요.

직원 아!

• 자연 그대로의 모습을 추구한다는 의미에서 자연주의자, 나체주의자이며 누드
  비치, 누드 독서 클럽 등을 찾아 다닌다.

손님 (같이 온 친구에게) 해도 해도 너무한다. 『명탐정 페이머스 파이브^{Famous Five}』 시리즈 제목 말이야. 진짜 유치하지 않냐? 『명탐정 5인조 캠핑 가다』 『명탐정 5인조 카라반 타고 가다』 이게 뭐야? 『명탐정 5인조 마약밀매소에 가다』 정도는 돼야지. 어때? 제목만 들어도 확 끌리지 않아?*

남자 안녕하세요? 좋은 책 추천해주실 수 있나요?

직원 그럼요. 어떤 책 찾고 계신데요?

남자 그게, 실은 제가 오늘 아침에 출소를 해서 너무 무겁지 않은 책이면 좋겠습니다.

---

* 『페이머스 파이브』는 1억 부 판매를 돌파한 영국 대표 아동 문학 작가 에니드 블라이턴 Enid Blyton의 소설 시리즈로 최연소 5인조 수사대 페이머스 파이브의 기상천외한 모험과 활약을 그린 책이다. 만화와 영화로도 만들어졌다.

♦

손님 (책상 앞에 붙어 있는 니컬라 모건Nicola Morgan의 『나의 책 출간하기』광고를 보면서) 책을 출간하는 방법에 관한 책인가요?

직원 네. 니컬라의 책 인기 많아요. 유용하고요.

손님 자비 출판에 관한 책인가요?

직원 니컬라는 주로 일반 출판 시장에 진출하는 법에 대해 쓰고 있어요.

손님 아, 저도 그런 유의 책 쓴 적 있어요.

직원 그러세요?

손님 일단 소설을 자비 출판했고요. 전통적인 방식으로 출판사를 통해 출판하는 방법에 관한 책도 써서 자비로 출간했어요. 비록 그 분야에서 경험은 없긴 해도 도전해봤죠. 제가 기대했던 것만큼 많이 팔리지는 않았어요.

♦

손님 와, 이 서점 정말 예뻐요!

직원 감사합니다.

손님 그저께 이 서점이랑 똑같은 빵집에 갔었는데.

직원 ….

◆

손님 책을 정리하거나 분류하세요? 아니면 그냥 아무렇게나 꽂아놓나요?

직원 알파벳 순서로 정리해놓고 있어요.

손님 아.

◆

(전화벨이 울린다)

직원 여보세요?

전화한 사람 안녕하세요. 그 매장의 매니저와 상담할 수 있을까요?

직원 저한테 말씀하시면 돼요. 무얼 도와드릴까요?

전화한 사람 혹시 선생님 매장에 청소용품들을 들여놓는 데 관심 있으신지 알고 싶어 전화드렸습니다.

직원 판매용으로요?

전화한 사람 네.

직원 여긴 서점인데요.

전화한 사람 알고 있습니다. 혹시 새로운 분야를 개척하고 싶은 생각은 없으신가요?

직원 네. 없습니다.

전화한 사람 그러면 저희 제품 샘플을 보내드릴 테니까 써보시고 결정하시면 어떤가요?

직원 아뇨. 괜찮습니다.

전화한 사람 책과 청소용품은 아주 잘 어울리는 유사 상품군인데요.

직원 글쎄요. 그런가요?

전화한 사람 우리가 함께 협력하면 좋은 결과로 이어질 거예요.

직원 아닙니다. 죄송해요.

전화한 사람 지금 선생님은 아주 흥미로운 기회를 놓치고 계신 겁니다. 그러면 혹시 우리 제품에 관심 있을 만한 서점 아시나요?

◆

손님 나이젤라 로슨^{Nigella Lawson}을 '성' 코너로 분류하세요? 아니면 '요리책' 코너에 진열하세요?

직원 결정하기 쉬운 문제는 아니죠.•

◆

손님 제가 문고판 책 세 권을 이 서점에 기부하면 이 책들을 팔아서 자선 단체에 기부하실 수 있나요?

직원 저희가 자선 사업 서점은 아니라서요.

손님 그래요? 그러면 수익은 어디로 가나요?

직원 …그야 이 서점을 유지하는 데 쓰이죠.

◆

• 나이젤라 로슨은 관능적인 외모와 허스키한 목소리도 유명한 영국의 요리 연구가이다.

손님 이 서점 책엔 유난히 먼지가 많이 쌓여 있네요. 진공청소기로 싹 빨아들일 순 없나요?

♦

손님 그래, 너 이 책 사고 싶다고?

손님 딸 응!

손님 『피터 팬』?

손님 딸 네. 제발 사주세요. 피터 팬은 날 수 있잖아.

손님 그렇지, 피터 팬은 날 수 있지. 얼마든지 훨훨 날아다닐 수 있지.

손님 딸 아빠, 근데 나는 왜 못 날아?

손님 진화해서 그래. 우리 귀염둥이.

◆

손님 '물속에서 숨 쉬는 법'이란 책 있나요?

직원 아, 줄리 오린저Julie Orringer의 단편 소설집
『물속에서 숨 쉬는 법』말씀인가요?

손님 그게 가능한가요?

직원 아뇨. 이 책은 픽션이에요. 제목은 상징이고요.

손님 그렇다면… 아뇨. 난 정말로 물속에서 숨 쉬는 법을 알려
주는 책을 찾고 있어요.

직원 ….

손님 안녕하세요.

직원 안녕하세요. 뭘 도와드릴까요?

손님 킨들이 뭔지 설명을 해주실 수 있나요?

직원 네. 그건 전자책 리더기예요. 전자책을 다운받아서 작은 휴대용 컴퓨터 같은 기계로 읽는 거죠.

손님 오, 알겠다. 그렇군요. 그러면 이 킨들이라는 거 말이죠, 안에 든 책들은 페이퍼백이에요, 하드커버예요?

◆

손님 (문을 빠끔히 열고 가로 세로 6제곱미터밖에 안 되는 서점을 살짝 들여다보며) 이 안에 카페 있나요?

직원 아뇨. 카페는 따로 없어요.

손님 그렇군요. 난 서점 겸 카페를 찾고 있는데.

직원 차를 마시고 싶으시면 저희 서점에서 네 집 옆에 카페가 하나 있어요.

손님 그러면 이 서점 책을 그곳에 가져가서 한번 훑어볼 수 있나요? 다시 가져오면 되잖아요.

◆

손님 디킨스 책 오래된 판본으로 있나요?

직원 저희 서점엔 1850년도판 『데이비드 코퍼필드』가 있어요. 100파운드고요.

손님 그렇게 오래된 책인데 왜 이렇게 비싸요?

◆

(한 남자가 나이키 재킷 몇 벌이 든 쇼핑백을 들고 서점 안을 어슬렁거리고 있다)

남자 (한 손님에게) 혹시 나이키 재킷 사실 생각 없나요?

손님 네? 아뇨.

남자 (다른 손님에게) 나이키 재킷에 관심 있으세요? 진품 나이키인데요.

직원 실례합니다. 지금 뭐 하고 계신 건가요?

남자 혹시 이분들 중에 재킷 사실 분들 있는지 알아보고 있습니다.

직원 부탁인데 손님들 방해하지 말아주세요.

남자 하지만 여기 가게잖아요… 뭔가 사러 오는 곳 아닌가요?

손님　이 책 몇 페이지가 찢어져 있어요.

직원　네. 저희 책이 오래된 중고책이다 보니까 전 주인에 의해서 젖거나 찢어진 부분이 어쩔 수 없이 있을 수 있어요.

손님　그러면 가격을 낮춰서 팔아야 하는 거 아닌가요? 20파운드나 하네요?

직원　그렇긴 한데 이미 그 책의 상태를 고려해서 책정한 가격이에요. 책 상태가 더 좋았다면 20파운드보다 더 비쌀 거예요.

손님　그래요? 그렇다면 가격 책정할 때 이 부분(어떤 찢어진 페이지를 가리키며)이나 이 부분(또 다른 찢어진 페이지를 가리키며)과 이 부분은 고려하진 않은 거죠? 왜냐면 여긴 2분 전에 우리 아들이 해놓은 거거든요.

직원　그렇다면 이 책은 전보다 더 해진 책이 되겠네요. 아드님 때문에.

손님　그렇죠. 그러면 가격을 더 낮게 책정해야 하지 않나요?

손님 와우, 에니드 블라이턴의 책만 따로 모아둔 서가가 있네요.

직원 네. 그렇답니다. 『페이머스 파이브』도 있고요. 『시크 릿 세븐Secret Seven』『파이브 파인드 아우터스Five Find Outers』, 『노 디Noddy』 등등 그 작가 작품은 빠짐없이 있어요.

손님 어렸을 때 『페이머스 파이브』 얼마나 재미있게 읽었는지 몰라요.

직원 그럼요. 재미있죠.

손님 그렇게 생각한다니까 기쁘네요. 요즘 젊은 사람들은 앤*이 맹하다고 욕하고 '여성스러운 척' 좀 작작 하라고 비판하 잖아요.

직원 그렇게 생각할 수도 있죠….

손님 다들 어찌나 정치적으로 올바르신지. 솔직히 말해서 에 니드 블라이턴이 요리와 청소는 여자 몫이라고 공공연하게 말 하긴 했지만 뭐 어때요? 집안일은 여자가 할 수도 있지.

직원 그 발언도 좀….

손님 그리고 『노디』 그림책을 보면서도 사사건건 따지는 거 아세요?

직원 음…

손님 그 책에 약간 인종차별주의가 보이긴 하지만 누가 다치 기라도 하나요?

---

* 페이머스 파이브 중 한 명, 여성스럽고 애교가 많다.

직원 ….

손님 적당하게 들어갔잖아요. 뭐든 적당하면 괜찮은 거 아닌가? 그렇게 생각 안 하세요?

손님 최음제 목록이 나열된 책 있나요? 금요일에 데이트가 있어서요.

◆

손님 (실수로 오래되고 값비싼 책을 바닥에 떨어뜨림) 대박!
직원 (쳐다봄)
손님 아니 그게… 죄송하다는 뜻입니다.

◆

손님 어, 여기 봐. 사전만 모아놓은 섹션도 있네. 오빠 스페인어 사전 한 권 사줄까? 어때?
손님의 딸 그러면 우리 여름에 스코틀랜드 여행가니까 스코틀랜드어 사전도 사면되겠다.
손님 우리 딸, 스코틀랜드에서는 영어를 쓴단다.

◆

손님 선물 포장 되나요?

직원 아뇨. 죄송해요. 저희는 선물 포장 서비스는 없어요.

손님 이렇게 하면 어때요? 제가 우체국에 얼른 뛰어가서 포장지를 사올게요. 그 포장지로 책을 포장해주는 거 어떻습니까? 괜찮죠? 서점이잖아요. 진짜. 그 정도 서비스는 해줘야 하는 거 아닙니까?

◆

손님 공룡에 관한 책 있나요? 우리 손자가 공룡에 푹 빠져 있어요.

직원 그럼요. 여기 이 책은 어떠세요?

손님 이 책에 모든 종류의 공룡이 다 나오나요?

직원 아마 다양한 공룡이 있는 도감 종류일 거예요.

손님 멋져요. 그러면 이 책에 혹시 용에 관한 챕터도 있어요?

◆

손님 옛날 엘비스 프레슬리 CD 있나요?

직원 아니요. 저희는 음반 매장은 아니고요. 엘비스에 관한 책은 있을 거예요.

손님 그러면 그 책 부록으로 실물 크기의 포스터가 딸려 오나요?

직원 …그렇지는 않아요.

(전화벨이 울린다)

직원 안녕하세요. 리핑 얀스 서점입니다.

손님 네. 팔고 싶은 책이 많이 생겨서요.

직원 그러세요. 어떤 책을 갖고 계신데요?

손님 몇 박스나 있어요. 어린이책도 있고 만화책도 있고요. 오래된 잡지와 신문도 있고. 실내 운동용 자전거도 있고. 아트북과 요리책도 있어요.

직원 중간에 뭐가 있다고 하셨죠?

손님 오래된 잡지?

직원 아니 잡지 다음에요.

손님 실내 운동용 자전거요.

직원 음… 저희한테 실내 운동용 자전거는 필요하지 않아서요.

◆

손님 혹시… 저기에… 뒷방이 있나요?

직원 창고 말씀이세요?

손님 맞다. 창고요. 창고.

직원 네. 우리 서점에 창고가 있긴 해요.

손님 제가 (윙크) 서점 창고에서 뭔가 사고 싶어서요. (윙크)

직원 네?

손님 아, 그렇구나. 거래 패스워드가 있겠네요. 그렇죠? 암호?

직원 손님 뭔가 잘못 알고 들어오셨어요. 지금 다른 곳 생각하고 계신 거죠?

손님 아, 그런가요?

직원 네. 나가주셨으면 좋겠습니다.

손님 오. (문 쪽으로 간다)

(이 손님이 2분 후에 다시 들어온다)

손님 그냥 확인하려는 건데요. 나는 마약을 사려 했는데, 당신은 여기는 그런 장소가 아니라고 말한 거 맞죠?

직원 그렇습니다.

손님 그렇군요. 알았어요.

(침묵)

손님 그러면 혹시 추천해주실 데라도….

직원 없습니다.

손님 아이고, 알았어요, 알았어… 고마워요.

직원 괜찮습니다.

손님 그럼 안녕히 계세요.

직원 네 안녕히 가세요.

손님 그나저나 좋은 서점입니다.

직원 감사합니다.

손님 직원분 성함이 어떻게 되죠?

직원 젠입니다.

손님 음… 그 이름 별로 마음에 안 드는군요. 다른 이름으로 바꿔 불러도 되나요?

◆

손님 누군가 셰익스피어란 남자에게 영어 철자 제대로 쓰는 법을 가르쳐주었어야 하는 거 아닙니까? 네? 제 말이 맞죠? 그렇죠?

◆

손님 여기 감시 카메라가 설치되어 있나요?

직원 네.

손님 아.

(재킷에서 책 한 권을 살짝 꺼내 다시 서가에 꽂는다)

◆

손님 (1960년대에 나온 잡지 하나를 손에 들고) 표지에 이 잡지를 사면 부록으로 지그소 퍼즐을 준다고 나와 있는데요. 지그소 퍼즐은 없는 거죠? 그러니까 이 잡지 공짜로 가져가도 되지 않나요?

◆

손님 『닥터 후와 숨겨진 시간 행성의 비밀』 있나요?

직원 그런 책 제목은 들어본 적이 없네요. 잠깐 기다리시면 저희 시스템에서 확인해볼게요.

손님 고맙습니다.

직원 저희 데이터베이스에는 없네요. 영국 도서관 목록에도 없는데요. 정확한 제목인가요?

손님 아뇨. 저도 모르죠. 그 책이 실제로 존재하는지 몰라요.

직원 …무슨 말씀이신지?

손님 어제 출근할 때 운전하면서 퍼뜩 그 제목이 떠올랐거든요. 그리고 이거야말로 '내가 당장 읽어보고 싶은 책 제목'이 아닐까 싶더라고요.

직원 …음 …안타깝지만 그 제목의 책은 출간이 안 되어 있네요.

손님 신경 쓰지 마세요. 괜찮아요. 그냥 한번 확인해보고 싶었어요.

직원 그래도 다른 닥터 후 소설들은 여기에 많이 있는데요. 한번 둘러보시면 어때요?

손님 아뇨. 괜찮습니다. 집에 가서 또 다른 제목을 생각해서 다시 올게요.

◆

직원 도와드릴까요?

손님 책에는 아무 관심 없어요. 책은 지루해서 못 읽겠거든요.

직원 그러면 장소를 잘못 찾아오신 것 같아요.

손님 아뇨. 잘 찾아왔어요. 저 책장 페인트 색이 뭔지 궁금해서 왔어요. 무슨 색이에요? 참 마음에 드네. 아니 책장 색감이 예쁘니까 책들이 훨씬 더 멋있어 보인다, 그렇죠?

직원 그럴까요?

손님 그리고 페인트 냄새가 책 냄새까지 없애 주잖아요. 일석이조네.

◆

손님 안녕하세요. 친구가 지난주에 와서 책을 한 권 샀는데 무척 재미있다고 하더라고요. 똑같은 책 있을까요?

직원 제목 알고 계세요?

손님 아. 맞다. 잊어버렸다.

◆

손님 벨라 스완이 가장 좋아하는 책* 아세요? 아시죠? 『트와

---

* 『트와일라잇』은 여주인공 벨라 스완이 애독하는 세 권의 고전인 셰익스피어 『로미오와 줄리엣』, 제인 오스틴 『오만과 편견』, 에밀리 브론테 『폭풍의 언덕』에서 캐릭터와 갈등 구조, 사건 전개 구도를 빌려 왔다. 『트와일라잇』의 주 독자층인 13-16세 소녀들은 브론테의 팬으로 등장하는 벨라 스완을 이해하기 위해 브론테의 『폭풍의 언덕』을 함께 애독하기 시작했다.

일라잇』 여주인공.

(직원은 한숨 한 번 쉬고 서가에서 『폭풍의 언덕』 한 권을 꺼
낸다)

손님 영화 〈트와일라잇〉에서 나온 것과 똑같은 표지로 된 책
은 없어요?

직원 네. 여긴 고서점이라서요. 이 책은 이 책의 옛날 판본이에요.

손님 그래도 캐시와 그 위험한 남자가 주인공인 책은 맞죠?

직원 네. 에밀리 브론테Emily Bronte가 쓴 이야기니까 똑같아요.

손님 그렇군요. 이 책이 혹시 영화화가 될까요?

직원 이미 여러 차례 영화로 만들어졌는걸요. 특히 랄프 파인
즈Ralph Fiennes의 히스클리프 연기가 유명하죠.•

손님 엥? 랄프 파인즈요? 『해리 포터』의 볼드모트? 그 사람이
히스클리프였다고요?

직원 그게….

손님 히스클리프는 에드워드 역이어야 하는데?

직원 『폭풍의 언덕』은 『해리 포터』와 『트와일라잇』이 나오기
훨씬 전에 나온 책이에요.

손님 네. 하지만 볼드모트가 로버트 패틴슨이 연기한 케드릭
을 죽이잖아요.•• 그런데 그 볼드모트가 〈폭풍의 언덕〉에서

•   1993년에 개봉한 영화 〈폭풍의 언덕〉. 랄프 파인즈가 히스클리프, 줄리엣
      비노쉬Juliette Binoche가 캐시로 나왔다.
••   로버트 패틴슨은 〈트와일라잇〉에서는 에드워드 컬렌, 〈해리포터와 불의

에드워드의 캐릭터인 히스클리프를 연기한다고요? 아무래도 내 생각엔 에밀리 브론테가 뱀파이어에 대해서 뭔가 할 말이 많았던 것 같아요.

직원 …음 …8파운드입니다.

손님 네? 뭐가요?

직원 책값이요.

손님 아, 책은 됐어요. 가서 볼드모트가 연기한 히스클리프 DVD 버전이나 찾아봐야겠네요.

◆

손님 버스 시간이 남아서 말이죠. 혹시 직원이나 손님들 중에 잠깐 저와 카드놀이 하고 싶은 분?

잔)에서는 케드릭 디고리 역을 맡았다.

◆

손님 기타를 위한 피아노 악보가 있나요?
직원 기타 연주용 악보 말씀이신가요?
손님 네.

◆

손님 여기에 있는 책 전부 다 읽으셨어요?
직원 아니요. 다 읽진 않았어요.
손님 그러면 책방 직원으로서 업무 능력이 떨어지는 거 아닙니까?

◆

손님 그거 뭐더라. 유명한 책 찾고 있어요. 디즈니 책인데. 도널드 덕이 회계사로 나오는 책요.

◆

손님 월광 소나타 쉬운 버전 악보가 있나요?
직원 저쪽 음악책 서가 옆에 악보 상자가 다 있는데요. 한번 찾아볼게요.

손님 고맙습니다.

직원 아, 여기 월광 소나타 초급 2단계 악보가 있네요.

손님 정말 쉬운가요?

직원 원곡에 비하면 그렇게 보이긴 해요.

손님 그럼 저 칠 수 있겠죠?

직원 저야 잘 모르죠. 피아노 배운 지는 얼마나 되셨어요?

손님 아, 피아노를 배우진 않았어요. 그냥 한번 쳐보려는 거예요.

직원 그러시구나. 그러면 악보는 읽을 줄 아시죠?

손님 아… 그게… 악보란 게… 알파벳으로 되어 있는 거 맞죠?

◆

손님 계몽주의의 the Enlightment ●에 관한 책 있나요?

직원 네. 그럼요.

손님 한 권 주세요. 우리 아들이 학교에서 계몽주의에 대해 공부할 차례라서요. 계몽주의 시대가 백열전구가 발명된 시기 맞죠?

● 18세기 후반에 유럽 전역에 걸쳐 일어난 구습의 사상을 타파하려던 혁신적 사상 운동. 영어로 '(불을 켜) 깨우침'이라는 의미를 내포하고 있다.

손님 아, 죄송해요. 전 여기가 우체국인 줄 알고 들어왔어요. 아니죠? 맞나요?

◆

남자 (서점 문을 세게 밀고 들어오더니) 아, 조용히 해주실 수 있나요? 지금 바로 이 앞에서 영화 촬영 중이라서요.

직원 …저는 시끄럽게 한 적이 없는데요.

남자 아니, 당신이 앞으로 시끄럽게 할 것 같은 느낌인데요.

직원 …지금 서점에 책과 저밖에 없는데요. 그리고 여기서 광란의 파티를 여는 것도 아니고.

남자 그러세요. 그러면 앞으로도 그러지 않도록 해주세요.

◆

손님 팔고 싶은 책이 몇 권 있어요. (책상 위에 올려놓는다) 이거 전부 해서 25파운드 받고 싶어요.

직원 지난주에 저희 서점에서 구입하신 책들 아닌가요?

손님 맞아요.

직원 책에 우리 서점에서 붙여둔 가격표가 그대로 있는데요.

손님 어… 음….

직원 …그리고 애초에 이 책 전부 다 해서 25파운드 안 주고 사셨는데요.

손님 그런데 이 책들은 지난주보다 더 오래되었잖아요. 그러니까 가치가 더 높아진 것 아닙니까?

◆

직원 안녕하세요. 도와드릴까요?

손님 저한테 『후디니의 비밀』이 한 권 있는데 팔고 싶어요. 이게 굉장한 희귀본이거든요. 후디니*가 직접 사인한 책이에요.

직원 정말 후디니의 서명이 확실한가요?

손님 네. (책을 건네준다)

직원 아. (표제지에 있는 사인을 본 후) 제가 볼 때 이 사인은 인쇄한 것 같은데요.

손님 왜 그렇게 생각하세요?

직원 왜냐하면 이 사인 옆에 1924년이라고 쓰여 있어서요.

손님 그런데요?

직원 이 책은 출간 연도가 1932년이잖아요.

---

* 해리 후디니 Harry Houdini. 헝가리계 미국인 마술사이자 탈출 마술의 아버지로 모든 장소에서 탈출하기로 유명했으나 차력쇼를 하다가 사망한다.

손님 자세히 보면 1924년이 아니라 1934년인 건 아닐까요?

직원 그렇다면 이 사인은 가짜죠.

손님 왜요?

직원 왜냐하면 후디니는 1926년에 사망했으니까요.

손님 하지만 이 사인을 손으로 만져보세요. 울퉁불퉁한 질감이 느껴지지 않나요. 이 책의 다른 페이지의 글자들은 이렇지 않아요.

직원 네. 무슨 말씀인지는 알아요. 누가 그 위에 연필로 겹쳐 써놓은 것 같은데, 그렇지 않나요?

손님 (얼굴 찡그리며) 이건 **진짜** 후디니 사인이라고요.

직원 제가 확실히 말씀드릴 수 있어요. 이건 인쇄예요.

손님 그 사람이 직접 사인한 거 맞는데.

직원 1924년에 한 사인이요? 1932년에 나온 책 안에요? 죽은 지 6년 후인걸요?

손님 …어쩌면 이게 바로 그의 풀리지 않는 마지막 마술이 아닐까요?

직원 아쉽지만 저는 후디니가 마지막으로 하기로 한 위대한 마술이 죽었다 환생해서 손님 책에 다시 사인을 해서 손님에게 돈을 벌어다 주는 건 아닌 것 같네요.

◆

(6월에)

손님 런던 도서전은 어디에서 해요?

직원 그 행사는 4월에 하는데요.

손님 그러면… 오늘 하는 건 아니겠네요?

◆

손님 책 읽을 시간은 무지 많겠어요. 이렇게 책에 둘러싸여서 앉아 있기만 하면 되니까요.

직원 손님은 어떤 일을 하시는데요?

손님 나요? 난 옷가게에서 일해요.

직원 음… 그러면 손님은 옷 입어볼 시간이 정말 많겠어요. 그렇게 옷에 둘러싸여 계시잖아요.

◆

손님 (손으로 사이즈를 만들며) 이 정도 되는 책을 찾고 있어요. 우리 집 책장에 빈 공간이 생겼는데 채워야 하거든요. 볼수록 신경 쓰여서요.

직원 어떤 종류의 책을 원하시는데요?

손님 종류는 상관없고요. 그냥 딱 이 사이즈의 책이었으면 좋겠어요.

손님 중고 십자말풀이 있나요?

직원 이미 단어가 채워져 있는 십자말풀이 말하시는 건가요?

손님 네, 낱말 맞히기를 좋아하는데 워낙에 어려워서 말이죠.

◆

(아침에 서점 문을 열기 위해 열쇠를 문에 꽂고 있을 때 한 손님이 다가온다)

직원 죄송해요. 아직 오픈을 안 했어요. 딱 1분만 기다리시면 박스만 몇 개 내오고 불을 켤게요.

손님 아, 괜찮습니다. 나도 딱 1분만 있다 가면 되거든요. (서점 안으로 치고 들어온다)

◆

손님 하이게이트 공동묘지 가려면 어느 쪽으로 가야 하는지
아세요?

(직원이 지도 하나를 건네준다)

손님 고마워요. 옛날에 이곳에 뱀파이어가 살았었다고 하더라
고요. 그런데 그 흡혈귀 지금은 죽은 게 확실하겠죠?

손님 팔 책이 있어요.

직원 네. 감사합니다. 지금 제가 다른 고객 응대 중이라서요. 줄을 서주시겠어요?

손님 음. 지금 책을 팔려고 하는데요. 이 서점에 이윤을 창출해주기 위해 온 건데.

직원 이분들은 책을 사러 오신 손님이잖아요. 이분들도 저희 서점에 이익을 주시는 분들인데요.

손님 30초 줄게요. 이 책 살래요. 말래요. 그 안에 결정 못 하면 가겠어요. 당신은 우선순위의 중요성을 배워야 할 것 같네요.

◆

손님 (친구에게 『반지의 제왕』 책을 펴 보이며) 와, 이것 봐. 책 첫 페이지에 지도도 나와 있어.

손님 친구 아, 그렇네? 여기가 어디야?

손님 모르… 모르도르.

손님 친구 그래? 거기가 영국 어딘데?

◆

손님 안녕하세요. 확인해보고 싶은 게 있어서요. 여기가 서점이 맞나요? 아니면 도서관인가요?

직원 …서점입니다.

손님 그러면 어딘가에 서점이라고 표시된 간판을 걸어놓아야 하지 않을까요? 헷갈려요.

직원 밖에 아주 큰 간판이 걸려 있는데요. '리핑 얀스 서점'이라고.

손님 글쎄요. 그렇긴 한데, 조금 애매하지 않아요?

직원 그런가요?

◆

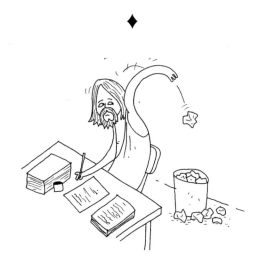

손님 누가 성경을 썼더라? 갑자기 기억이 안 나네.

손님 친구 예수님.

손님 우리가 작가들의 진짜 인생에 대해서 아는 것이 거의 없다는 게 너무 놀랍지 않아요? 특히 옛날 작가들요.

직원 작가들의 삶도 시대에 따라 많이 바뀌었으니까요.

손님 맞아요. 그리고 남자 이름으로 글을 썼던 여성 작가들도 잊어선 안 될 거예요.

직원 그래요. 조지 엘리엇George Eliot 같은 작가가 그랬죠.

손님 난 항상 찰스 디킨스가 여자일지도 모른다는 생각을 했었어요.

직원 …음, 그래도 전 찰스 디킨스는 남자가 확실하다고 생각하는데.

손님 그래요? 누가 그래요?

직원 글쎄요. 그는 당시 유명 인사였으니까요. 그 작가를 직접 본 팬들만 해도 수도 없이 많은걸요.

손님 어쩌면 모든 게 다 쇼였을지도 모르죠. 그 남자는 남동생인 거야. 그리고 집에서 누나 샬린이 다 쓴 거지.

직원 ….

◆

손님 안경을 깜빡하고 안 가져왔네. 이 책이 내 마음에 드는지 안 드는지 알 수 있게 책의 앞부분만 읽어주실라우?

◆

(직원이 손님이 산 책을 종이 가방에 넣고 있다)

손님 혹시 비닐봉투는 없나요? 재활용인지 뭔지 너무 귀찮고 지겹다고요. 그게 우리한테 대체 무슨 좋은 일을 해준다고 우리를 이렇게 고생시키는 건지.

◆

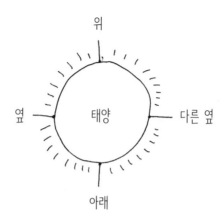

위

옆   태양   다른 옆

아래

손님 지도는 어디 있나요?

직원 이쪽에 있습니다. 어떤 종류의 지도를 찾으세요? 지방 지도? 아니면 영국 지도, 유럽 지도, 세계 지도도 있어요.

손님 태양 지도를 사고 싶은데요.

손님 시집 코너는 각운이나 압운이 있는 시와 없는 시로 나뉘어 있나요?

직원 아뇨, 알파벳 순서로 진열되어 있어요. 어떤 시집을 찾으세요?

손님 각운이 있는 시죠. 약강 오보격*이고 열 줄이 넘지 않아야 하고 여성 시인의 작품이었으면 좋겠고요. 그 조건 안에서라면 어떤 시건 상관없어요.

◆

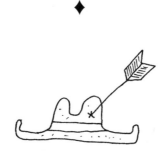

손님 내년에 제가 미국에 가는데, 가기 전에 미국에 관한 책을 읽고 싶어요.

직원 그러세요. 여행 섹션에서 찾아보시면 가장 빨리 찾으실 수 있을 거예요.

손님 아뇨. 여행 섹션은 아닌 것 같고… 카우보이와 인디언에 관한 이야기책 있나요?

직원 ….

•   단어의 강세가 없는 '약'과 강세가 있는 '강'으로 이루어진 다섯 개의 음절이 한 줄이 되는 전통적인 시구 형식.

◆

손님 책이 그렇게 다양하고 충실하게 갖춰져 있진 않네요.

직원 저희 가게는 만 권이 넘는 책을 보유하고 있는데요.

손님 그래요? 그런데 제가 쓴 책은 안 갖다 놓으셨잖아요!

(문을 박차고 나가버린다)

◆

(전화벨이 울린다)

직원 감사합니다. 리핑 얀스 서점입니다.

손님 여보세요. 제가 만약 전화로 책을 주문하고 계산까지 한다면 저희 집까지 배송을 해주실 수 있나요? 모퉁이 하나만 돌면 될 정도로 아주 가까운데요.

직원 집에서 나오지 못할 사정이 있으세요?

손님 그게… 그건 아니고요…. 바깥에 비가 와서요.

◆

손님 에니드 블라이턴 시리즈 있나요? 『시크릿 세븐』 말고 다른 시리즈요.

직원 『파이브 파인드 아우터스』요? 아니면 『페이머스 파이브』 시리즈일까요?

손님 그거요. 『페이머스 파이브』 그 책. 성전환자가 나오는 책 맞죠?*

◆

---

* 『페이머스 파이브』의 리더인 조지는 중성적인 매력이 있는 소녀다.

손님 책을 크기와 색깔별로 정리하는 것도 고려해보시면 어떨까요?

직원 그러면 누구도 책을 찾을 수 없을걸요.

손님 그게 중요한가. 보기에 예쁘면 되는데.

◆

손님 지금 몇 시인지 아세요?

직원 이제 막 4시 넘었네요.

손님 아닌데. 틀렸는데요.

◆

손님 예약 주문한 책이 있는데 찾으러 왔어요.

직원 네. 성함이 어떻게 되세요? 책 제목은요?

손님 제 이름은 스튜어트고 예약한 책은 『웨이벌리 어린이 사전』 1권입니다.

직원 죄송해요, 손님, 예약 주문 도서 선반에 그 책은 없는데요. 언제 예약하셨어요?

손님 그게… 꽤 오래전이긴 해요.

직원 몇 주 전인가요?

손님 아뇨… 사실 1년 반 전에 했어요.

직원 저희는 예약 주문 도서는 한 달만 선반에 두고 그 기간이 지나면 창고나 다른 곳으로 옮겨요. 너무 오래 보관하면 다른 책을 놓을 공간이 없어서요.

손님 어휴, 전 그 책 읽을 생각에 잔뜩 기대하고 왔는데.

손님 안녕하세요. 혹시 크리스마스트리 파나요?

직원 …아니요.

손님 그냥 한번 물어봤어요. 창가에 크리스마스책을 워낙에 많이 진열해놓았길래요.

손님 책을 몇 권 팔고 싶은데 누구와 이야기해야 할까요?

직원 저한테 말씀하시면 돼요.

손님 상사는 없나요? 남자분 안 계세요?

직원 사장님은 지금 안 계신데, 여자분이시고 지금 댁에 계세요.

손님 그러면 그 여자분의 상사요? 그 남자 이름이 뭔가요?

직원 그 여자분이 제 사장님이세요.

손님 흠. 당신들은 굉장히 현대적이군요.

◆

손님 주인공 이름을 내가 선물하려는 사람 이름으로 바꿀 수 있는 책 있나요? 그러니까 『이상한 나라의 앨리스』인데 앨리스가 아니고 '이상한 나라의 세라'였으면 좋겠어요.

직원 아마 그런 책은 출판사에 직접 문의하셔야 될 거예요. 특별 제작 주문은 가능하다고 들었거든요.

손님 그런가요? 그럴 시간까지는 없는데. 그러면 『이상한 나라의 앨리스』는 있죠? 그 책을 사고 수정액 하나 사서 직접 바꿔야겠네요.

◆

손님 (『율리시스』 한 권을 들고) 이 책은 왜 이렇게 길어요? 주인공에게 하루 만에 일어난 일이라고 하지 않았나요? 어떻게 하루 안에 한 사람에게 이렇게 긴 분량의 일이 일어날 수가 있지요? 아니, 내 말은, 다들 일어나고, 아침 먹고, 출근하고, 퇴근하잖아요. 물론 가끔은 술 한잔 하러 가기도 하고. 그게 우리 같은 보통 사람 하루 일과잖아요! 그걸로 책 한 권을 어떻게 채운단 말입니까. 안 그래요?

손님 여기 혹시 직원 뽑으시나요?

직원 서점에서 일한 경험 있으세요?

손님 아뇨.

직원 그러면 책 읽는 건 좋아하시죠?

손님 아뇨. 저 책 안 읽는데요.

직원 …그러면 왜 서점에서 일하고 싶으세요?

손님 꼭 서점에서 일하고 싶지는 않는데. 제가 얼마 전에 이 근처 아파트로 이사 와서요. 웬만하면 걸어서 출퇴근할 수 있는 일자리를 찾고 있어요.

◆

손님 『햄릿』은 어디 있어요? 그거 있잖아요. "죽느냐 사느냐 그것이 문제로다." 철학 코너에 있으려나?

◆

손님 혹시 근처에 엄마 계시니?

직원 제가 이곳 운영자인데요.

손님 아, 죄송해요.

♦

(전화벨이 울린다)

직원 감사합니다. 리핑 얀스 서점입니다.

손님 안녕하세요. 친구가 추천해줘서요. 친구가 여기에서 진짜 깜찍한 무릎 양말을 판다고 했거든요.

직원 저희는 양말을 팔지 않는데요. 여기는 서점입니다.

손님 그래요? 그러면 다 팔렸나요?

직원 네? 뭐가요?

손님 양말이요.

직원 아뇨. 저희는 서점이라니까요.

손님 아, 알겠습니다.

♦

(손님 전화벨이 울린다)

다른 손님 거참, 핸드폰 좀 꺼주시겠어요? 서점 내 핸드폰 사용 금지법이 있는데 모르는가 보네.

♦

손님 금서 코너도 있나요?

손님 (휴대전화로 쩌렁쩌렁 울리게 말하며) 아직까지 **안 오고** 뭐해? 현금 2000파운드나 들고 돌아다니고 싶지 않다고! 빨리 차 갖고 와서 나 데려가!

◆

손님 여기가 햄스테드 히스Hampstead Heath*인가요?
직원 아니요. 여긴 서점인데요.

---

* 영국 런던 북서부 햄스테드 지역에 있는 공원.

(손님이 들어왔는데 문을 닫지 않는다)

다른 손님 문 좀 닫고 다닙시다.

손님 이 책값만 빨리 계산하고 바로 나갈 거예요. 2초밖에 안 걸려요.

다른 손님 2초? 지금 들어오고 나서 벌써 10초 지났거든요. 찬 바람 다 들어와서 춥잖아요.

손님 당신이 계산대를 막고 서 있어서 그렇죠.

다른 손님 그냥 망할 문 좀 닫아요, 닫아! 예의 몰라요? 여긴 서점이라고요.

◆

손님 있잖아요. 제가 최근에 책 한 권을 끝까지 읽은 적이 있는지 기억이 안 나요.

◆

손님 이 서점의 지리 코너를 다 찾아봤는데요. 왜 아틀란티스에 관한 책은 없는 거죠?
직원 안타깝지만 듣기론 우리가 그 땅을 잃어버렸다는 것 같네요.

손님 제가 감히 조언을 하자면 이 책 상자들을 바깥에 내놓으면 손님들이 더 관심을 갖고 서점에 오지 않을까요?

직원 …지금 바깥에 눈이 펑펑 오는데요.

◆

손님 필립 풀먼Philip Pullman의 『먼지의 책The Book of Dust』 있나요?

직원 아뇨. 그 책은 아직 출간 날짜도 정해지지 않은 걸로 아는데요.

손님 알아요. 그래도 혹시 이 서점에는 미리 갖다 놓지 않았을까 하고 물어봤어요. 고서점이라고 해서요.

직원 …고서점이란 말은 과거, 옛날, 오래전이라는 뜻인데요. 저희는 미래에 나올 책을 갖고 있진 않아요.

손님 아, 그렇구나.

◆

손님 가슴이 풍만한, 아니 거대한 여자들이 나오는 그런 만화책 있나요? 왜 그러냐면… 그게… 미술 과제 때문에요.

손님 여기서 패션 사진 촬영을 하고 싶은데요. 모델들을 여기 데려와서 바닥에 쌓인 책에 몸을 반쯤 파묻는다든가, 아니면 책장에 목을 매달아놓고 사진을 찍으려고요. 다른 손님들이 불편할까요?

◆

손님 (뜨개질에 관한 책을 집어 들고) 내 머리카락으로 여기에 나오는 뜨개질을 할 수 있을까요?

◆

손님 우리 집에 온 손님들이 내 책장에 꽂힌 책을 보고 이렇게 생각할 책을 찾아요. "와 이 남자 지적인 남자네." 어떤 책이 좋을까요?

◆

손님 집에 너무 책이 많아서 이제 그 책들을 재활용하기 시작했어요.
직원 다 읽은 책들을 자선 단체에 가져다주신다는 뜻인가요?
손님 아뇨. 실제로 재활용 분류 작업을 하고 있어요. 책을 재활용 수거함에 넣고 있죠.
직원 ….

손님 책이 전기가 통하나요?

◆

손님 『곰돌이 푸』는 누가 썼죠?

직원 A. A. 밀른A. A. Milne이라는 작가가 썼어요.

손님 아, 맞다. 그랬죠? 그런데 그녀가 최근에는 신작을 발표하지 않나 봐요.

직원 그렇네요. '그'가 신작을 발표하고 있지 않네요.

◆

손님 부자들의 돈을 훔치는 책 있잖아요.『로빈 후드』. 그 책 있나요? 우리 남편 이름이 로빈이거든요. 생일 선물로 그 책을 주면 어떨까 해서…. 그런데 문제는 우리 남편이 은행원이라….

♦

손님 옛날 뜨개질 도안이 그려진 책 있나요?

직원 네. 마침 말씀하신 그런 책이 있어요. 이쪽입니다.

손님 그러면 혹시 뜨개바늘도 파나요?

직원 아뇨. 바늘은 안 팔아요.

손님 옛날 뜨개질 도안을 이용해서 뜨개질하려면 그게 필요한데….

직원 그러게요….

손님 그러면 털실도 팔아요?

직원 아뇨. 저희는 뜨개질 도안과 잡지만 갖다 놓고 있어요.

손님 신중하게 생각을 못 한 게 아닐까 싶은데. 안 그래요? 바늘과 실 없이 어떻게 목도리를 뜨겠어요?

직원 뜨개질용품은 다른 매장에 가서 사셔야죠.

손님 관련 상품을 모두 한 장소에서 사는 것이 간편하지 않겠어요?

직원 그렇긴 한데 저희가 팔고 있는 책과 관련된 모든 물품을

다 들여놓을 수는 없거든요. 만약 그렇게 된다면 저희 서점이 온갖 원예 용구, 재봉틀, 요리 재료, 미술 붓으로 넘쳐나게요?

손님 무슨 이야기를 하는 건가요? 난 그런 건 필요 없다니까. 그냥 털실과 뜨개바늘만 필요하다고요. 내가 붓으로 뜨개질할 것도 아닌데!

◆

손님 어떻게 사람이 책 한 권을 다 쓸 수 있는지 항상 궁금했어요.

직원 어떤 의미로 그렇게 생각하세요?

손님 작가들은 컴퓨터가 발명되기 전에는 어떻게 썼어요?

직원 그 전에는 타자기가 있었잖아요. 그리고 그 전에는 손으로 썼죠.

손님 작가들의 생활을 조금 더 편하게 해주기 위해 컴퓨터가 더 빨리 개발되었어야 하는 거 아닌가요?

직원 …그건 그렇겠네요.

손님 이제 컴퓨터는 있으니 됐고. 혹시 작가들이 사용하는 프로그램 같은 건 있나요?

직원 프로그램요?

손님 컴퓨터 프로그램들 있잖아요. 모든 걸 순서대로 정리해주는 거요. 이 캐릭터와 물건에 어떤 이름을 붙이라고 말해주는 프로그램?

직원 아뇨. 그런 프로그램은 없을걸요. 지침을 제공하는 프로그램들은 있긴 하겠지만 사람들이 잘 사용하지 않죠. 작가들은 그냥 쓰죠.

손님 그냥 쓴다고요?

직원 네. 그냥 하고 싶은 이야기들을 쓰는 거죠.

손님 워드 같은 프로그램을 이용해서요?

직원 네. 대체로 그렇죠.

손님 그렇다면 바로 그 점에서 이해가 잘 안 된다니까요.

직원 어떤 점이요?

손님 워드 문서는 A4 사이즈잖아요. 그런데 책들은 그 크기가 아니잖아요. 훨씬 작잖아요.

직원 ….

손님 어떻게 그 크기에 딱 맞춰서 쓰는 거죠?

직원 ….

♦

손님 일본에 관한 책 있어요?

직원 여행 가이드요, 아니면 역사책요?

손님 네.

직원 둘 중에 어떤 책이 필요하세요?

손님 둘 다요.

직원 아. 네.

손님 …그런데 어린이들에게 읽어주기 위한 이야기가 포함되어 있어야 해요.

직원 ….

손님 그림도 있어야 해요.

직원 ….

손님 페이퍼백이 아니라 꼭 하드커버여야 하고요. 가격이 너무 비싸면 안 돼요.

직원 ….

손님 현대적인 반전이 가미되어 있지만 외형상 고전적 아름다움이 살아 있는 판본이어야 해요.

직원 …안타깝지만 저희 서점에는 손님이 원하는 그런 책은 없다는 확신이 드네요.

((((((((( )))))))))

(((   )))

(((3. 다른 서점에 온 괴짜 손님들   )))

(((   )))

(((   )))

((((((((( )))))))))

((((((((( )))))))))

((((((((( )))))))))

((((((((( )))))))))

((((((((( )))))))))

((((((((( )))))))))

((((((((( )))))))))

((((((((( )))))))))

((((((((( )))))))))

((((((((( )))))))))

손님 책 읽기 책 있나요?

직원 음….

손님 그러니까, 읽을 수 있는 책?

직원 생각하시는 장르가 있으세요? 소설? 전기? 아니면 특별한 주제의 책을 찾으세요?

손님 책 읽기?

직원 아, 죄송해요. 책 읽기에 관한 책 말씀이시죠? 제가 이해를 못 했네요. 그러면 추천해드릴 수 있는….

손님 (말을 막으며) 아뇨! 난 그냥 읽을 책을 원한다고요!

직원 ….

◆

손님 직장에서 야간 근무를 자주 하는 편이에요.

직원 (장난처럼) 아, 그래서 손님이 뱀파이어 소설을 그렇게 많이 사시는구나.

손님 (진지하게) 미리미리 준비해둬서 나쁠 건 없죠.

로레타 나이절, 콘스텔레이션 북스Constellation Books,

미국 메릴랜드 레이스터스타운

손님 방금 장례식장에 가서 장례식 절차 준비를 하고 왔어요. 나한테 갑자기 어떤 일이 생길지도 모르고 그때 내 장례식을 어떻게 하라고 알려줘야 하니까. 그런데 이 서점에서 내 장례식을 할 수 있을까요?

직원 (불안하게 웃으며) 음⋯ 손님⋯ 농담하시는 거죠?

손님 글쎄요. 생각해보세요. 멋지지 않을까요? 그렇지 않나요? 식 자체는 괜찮지 않을까요?

직원 음⋯

샘 반스, 북스 앤 잉크 북숍Books and Ink Bookshop, 영국 밴버리

남자 (계산대로 미끄러지듯 들어오더니 속삭이며) 저 있잖습니까.

직원 네?

남자 여기 콘돔 파나요?

직원 …여긴 서점인데요.

남자 아… 그게 아니고. 지금 여자 친구가 저 밖에 세워둔 차 안에 있는데요. 지금 우리가 약간 긴급하고 간절해서.

직원 음… 건너편 주유소에 딸린 편의점에 가보셨어요?

남자 안 가봤어요. 그냥 여기서 콘돔 하나만 빌려주실 수는 없나 해서.

직원 미안합니다. 없어요…. 주유소에 가보세요.

남자 아, 알았습니다. 고마워요…. 달려가야겠네요.

안드레아 저트슨, 위트쿨스 북숍Whitcoulls Bookshop, 뉴질랜드 오클랜드

◆

손님에게 온 이메일 그 책에 곰팡이 냄새는 안 나는지 알려주실

수 있을까요. 곰팡이 냄새만 안 난다면 바로 주문하고 싶은데
요. 집에 그 책이 있긴 한데 냄새를 못 참겠어서요. 감사합니
다.

손님 이 개는 존이라고 해요. 다섯 살이고요. 지금 배가 고픈
것 같은데. 혹시 키울 생각 있나요?
직원 …?

니나 그라만, 탈리아 북숍Thalia Bookshop, 독일 함부르크 오이로파 파사지

손님 이 서점의 셰익스피어 섹션을 샅샅이 뒤졌는데 아무리
찾아도『생쥐와 인간』˙이 없네요.
직원 ….

톰 애셔톤, 보더스Borders, 영국 란트리산트

• 존 스타인벡John Ernst Steinbeck의 소설

소년 엄마, 나 이 책 사도 돼요?

엄마 아빠한테 가서 사도 되냐고 물어봐.

소년 아빠! 엄마가 이 책 나한테 안 사주면 오늘 밤에 엄마 침대에서 못 자게 한대!

엘리노어 포튼, 북 엔드Book End, 영국 더비셔 베이크웰

◆

손님 『메리 크리스마스, 미스터 로런스』 있나요?

직원 (책을 서가에서 꺼내며) 그럼요. 5.99파운드입니다.

손님 …이 작가가 이 책보다 더 싼 책은 안 썼나요?

조 킹, 해처즈Hatchards, 영국 입스위치

◆

손님 혹시 여기 책스러운 책 있어요?

에마 말렌-화이트, 헝거포드 북숍The Hungerford Bookshop, 영국 버크셔

♦

손님 이 CD 환불하고 싶어서요. 흠집이 나 있어요.

직원 음… 이 상품은 옆집에서 사신 것 같은데요.

(손님은 그제야 주변을 둘러보고 놀란다)

손님 어? HMV*가 아니네! HMV가 이전했어요?

직원 …여전히 저희 가게 옆에 있는데요.

♦

손님 만약 말이죠. 제가 이 서점에서 내 평생의 짝을 만나게 된다면, 서점의 어느 책 옆에 서 있어야 그렇게 될 확률이 가장 높아질까요?

마리아 더프, 워터스톤스, 아일랜드 드로에다 스코치 홀

---

* 영국의 대형 음반 유통 업체.

◆

손님　실례합니다. 제목도, 작가도, 책 내용도 잘은 모르는데요. 책 제목에 이 두 단어가 들어갔던 것 같은데….

직원　네. 어디서 보셨어요?

손님　그건 기억이 안 나는데, 너무 재촉하지 마세요. '무언가'와 '무언가'가 들어갔었어요.

직원　'무언가'와 '무언가'요? 그 두 단어만 듣고는 떠오르는 책이 전혀 없는데요. 혹시 책 표지나 모양은 기억나세요?

손님　그냥 일단 찾아보시면 안 돼요?

직원　아… 그것만으로는 찾아볼 수가 없겠는데요.

손님　(종이와 펜을 들고서) 이렇게 하면 되잖아요. 컴퓨터에 '＿＿＿ and ＿＿＿'라고 치는 거죠. 왜 그렇게 머리가 나쁘세요?

전 서점 직원, 워터스톤스, 영국

◆

손님　이 근처에 성경책을 팔 만한 상점이 어디인지 아나요?

직원　…네.

손님　어디요?

직원 …여기요.

데이비스 리스, 북스 얼라이브Books Alive(기독교 서점),

영국 브라이턴 앤 호브

손님 (들어오면서) 여긴 뭐하는 곳이에요?

직원 서점입니다. 책을 팔죠.

손님 오, 그게 가능한가요?

직원 어어… 음.

타냐 카운스, TLC 북스TLC Books, 호주 퀸즐랜드 맨리

손님 (차이나 미에빌China Miéville•의 『바스라그 연대기(페르디
도 거리의 기차역)』를 가리키며) 이 작가 이름을 어떻게 발음
해야 돼요?

직원 보통은 미이-빌 이렇게 발음하는데요, 제 생각엔 악센트

•   영국의 SF 작가.

때문에 미-에-빌, 이렇게 발음해야 할 듯해요.

손님 아니, 성 말고 이름요.

직원 …그건 차이나, 라고 읽죠. 나라 이름과 똑같이.

손님 나라 이름이라고요?

직원 ….

소피 메이어, 클러큰웰 테일스Clerkenwell Tales, 영국 런던

손님 (네덜란드 억양의 나이 많은 부인) 이 근처에 책book 있나요?

직원 음. 네.

손님 어디에 있죠?

직원 음… 그게. 어디에나 있는데요.

손님 무슨 말하는지 모르겠네. 어디에 있다는 거죠?

다른 직원 아마 내 생각엔 손님이 부츠Boots를 찾는 것 같아. 드러그 스토어 말이야.

직원 아!

마르틴 브레일리, 워터스톤스, 영국 레딩

손님 (『위키리크스』한 권을 들고서) 이 **윌리리크스**Willileaks 책 어때요? 재미있나요?

직원 위키리크스 말씀이세요? 윌리리크스는 저에게 생소한 주제라서요.

자마이카 주아네티, 버켈로우 북스Berkelouw Books, 호주 멜버른

◆

손님 우리 아내가 책을 한 권 사 오라던데, 이걸 왜 사 오라는 건지는 모르겠지만, '공룡 요리책The Dinosaur Cookbook' 있나요?

직원 『다이나 쇼어 요리책The Dinah Shore Cookbook』요?

손님 아, 그 책인가 보다. 대체 무슨 생각을 하고 있나 했네.

엘리자베스 듀랜드, 북랜드 오브 메인Bookland of Maine, 미국

◆

손님 저 벽에 있는 저것들 말이에요….

직원 책장 말씀이세요?

손님 네.

(침묵)

손님 아직도 사람들이 집에 저런 것들을 갖고 있을까요?

직원 네. 그럴 것 같은데요.

손님 친구가 얼마 전에 몇 개 만들던데요. 그 친구 대신에 판매해줄 수 있나요?

◆

(한 노부인이 계산대로 다가온다)

손님 뭐라고요?

직원 음… 아니 저는 제가 손님을 도와드려야 한다고 생각했는데요.

손님 웃기는 소리 말아요. 내가 지금 당신 도움 받아야 할 것처럼 보이나?

◆

손님 방금 내가 브래드 피트Brad Pitt의 여동생이자 데이비드 캐머런David Cameron 총리의 사촌이란 걸 알게 됐어요. 서점에 나에 대한 전기 없나요?

◆

손님 여기 소파에서 잠깐 낮잠 자고 가도 될까요?

헤러워드 코베트, 옐로-라이티드 북숍The Yellow-Lighted Bookshop,

영국 글로스터셔

◆

남자 여기 우리 아내가 왔나요?

직원 저희 서점에는 많은 아내들이 오시긴 하는데요. 어떻게 생기신 분인가요?

남자 후줄근하고요, 키가 작고, 뿌리 염색을 안 해서 머리가 지저분해요.

직원 …!

엘리자베스 헐리, 헐리 북스Hurley Books, 영국 콘월 메버지시

◆

손님 요리를 좋아하지 않고, 너무 많은 재료를 이용하고 싶어 하지 않는 사람들을 위한 요리책 있어요?

직원 그럼요. 컴퓨터에서 한번 찾아볼게요. '간단 요리'로 검색해볼까요?

손님 외국 음식이 들어가는 건 싫어요.

직원 음… 알겠습니다. 그러면 '간단 영국 요리'로 검색해보죠.

손님 전에 그런 종류의 책을 사본 적이 있긴 한데 올리브오일 같은 걸 넣더라고요. 올리브오일이 들어간 요리 질색인데.

직원 음….

손님 이렇게 검색해보면 어때요? '돼지기름 요리', 뭐가 나오나 볼까요?

세라 웨딩턴, 심플리 북스Simply Books, 영국 요크셔 포클링턴

◆

손님 이 책이 다른 버전으로도 있나요?

직원 컴퓨터로 지금 검색해볼 수 있어요.

손님 그냥 이 책의 전개가 마음에 안 들어서요.

◆

손님 (아마존에서 인쇄한 종이를 보여주며) 이 책 재고 있나요?

직원 저희한테는 없는 책이네요. 죄송해요. 미국에서만 출간된 책 같은데요….

손님 인터넷으로 확인하니까 이 서점에 있다고 나오던데요.

직원 아, 저희 홈페이지에서 확인하셨어요?

손님 어? 여기 홈페이지가 있나요?

니아 로서, 워터스톤스, 영국 카디프

◆

손님 이 책 얼마예요?

직원 6달러입니다.

손님 그렇게까지 비싸게 주고 사고 싶지는 않는데, 2달러 어때요?

직원 안 됩니다. 책 가격은 흥정이 안 돼요.

손님 내 트럭에 양배추 많은데. 대신 양배추 받으실래요?

직원 …아니요.

손님 그렇다면 감자는 안 되겠습니까?

직원 그것도 안 된… 아니, 잠깐만! 감자나 양배추나 그게 그거죠.

케이틀린 프라이, 제프스 북스Jeff's Books, 호주 스트라탈빈

『투렛 증후군이 있는 동물들』이란 책은 귀여운 동물들 사진과 말풍선 안에 익살스러운 대화가 담긴 웃긴 책이다.

손님 (책을 살펴보며) 이건 내가 기대한 내용과는 다르네.

직원 네. 그 책은 저희 서점에 있는 다른 책들과는 약간 차이가 있어요. 하지만….

손님 제 말은 그게 아니라, 저는 이 책이 사람들이 키우는 반려동물 중 진짜 투렛 증후군이 있는 동물들 이야기인 줄 알았어요.

직원 동물들이 진짜 말을 해야 되겠네요.

손님 (진지하게) 그러면 더 좋겠죠.

세라 채프먼, 웰 리드 북숍Well Read Bookshop, 영국 뉴캐슬

◆

손님 손자 선물로 책을 한 권 사야 하는데 4권 읽을 차례라고 해요.

직원 4권요? 어떤 시리즈인지 아세요?

손님 4권요. 그것밖에 몰라요. 어떤 책일지 알아볼 수 있나요?

직원 글쎄요. 어린이책은 시리즈가 많아서 제목을 아셔야 할 텐데….

손님 그럼 어디에 가서 찾을 수 있는지 알려줄래요?

(직원이 손님을 동화책 코너로 안내한다)

직원 보시면 알겠지만 아동서 시리즈가 워낙 많아서….

손님 표지에 4라고 쓰여 있는 책이에요. (『레모니 스니켓의 위험한 대결』 4권을 가리키며) 어? 이 책이 4권이네.

직원 ….

손님 이 책 주세요.

직원 네, 그런데… 아무것도 아니에요.

조지 패치, 딜런스 노우드 북숍Dillons Norwood Bookshop,

호주 애들레이드

♦

손님 욕조 마개 파나요?

사이먼 커티스, 퀘가 레어 북스Quagga Rare Books,

남아프리카공화국 스텔렌보스

♦

손님 집에 가지가 생겼는데 뭘 해야 할지 모르겠어요.

직원 아, 그러세요. 어떤 요리를 하려고 사셨는데요?

손님 내가 산 게 아니고 누가 잔뜩 줬는데, 이 서점 창문 장식 보니까 컵과 그릇이 많길래. 요리 잘하세요?

직원 …저희 서점 창문 장식은 『이상한 나라의 앨리스』에서 나온 모자 장수의 '다과회' 콘셉트로 만든 건데요.

케이티 클래프햄, 스토리텔러스Storytellers, Inc., 영국 랭커셔 세인트 앤스온시

손님　스테이플러 빌릴 수 있을까요?

직원　그럼요. (계산대에 스테이플러를 놓고 책에 가격을 붙이는 일에 다시 집중한다)

손님이 그 스테이플러를 들고 서점 밖으로 나간다. 직원은 따라 나가 손님이 문 앞에서 그것을 사용하고 있는지 확인하려하는데 손님은 먼 곳까지 걸어간다.

직원　(손님을 허겁지겁 따라가며) 손님… 스테이플러 다시 돌려주시겠어요?

손님　아, 제 건 줄 알았어요. 내가 잃어버린 것과 똑같이 생겨서.

직원　음…. (스테이플러를 들고 서점으로 돌아온다)

캐슬린 피츠하이웰, 그럼피 스위머 북숍The Grumpy Swimmer Bookshop,

호주 멜버른

◆

손님　와, 이것 봐. 모든 책에 다 사인이 되어 있네. (잠시 멈추고) 그런데 누가 이 책에 사인했을까?

◆

손님 (레골라스* 실물 크기 광고판과 서점 직원을 번갈아 가리키며) 이거 당신이에요?

직원 아니요. 올랜도 블룸^{Orlando Bloom}인데요.

◆

아이 부모 (장난 치고 있는 아이에게) **사람 몸에 불이 붙은 거 아니면 소리 지르지 말라고 했지?**

아이 (곧바로 말대답하며) 만약 족제비가 도둑질하고 있으면요?

아이 부모 (한참 동안 말을 잇지 못하고… 웃을까 말까 하며) 몰라, 혹시 그 족제비 무기 소지하고 있니?

리처드 듀 & 엘리자베스 프루티, 세컨드 룩스 북스Second Looks Books,
미국 메릴랜드 프린스 프레더릭

◆

• 『반지의 제왕』에 등장하는 잘생긴 엘프로 올랜도 블룸이 연기했다.

손님 (다정한 눈빛으로 직원에게 평범한 갈색 종이 가방을 주면서) 마법의 버섯 magic mushroom [*] 필요하세요?

직원 ….

크리스 하워드, 헤이 시네마 북숍Hay Cinema Bookshop,

영국 포위스 헤이온와이

◆

(전화벨이 울린다)

직원 감사합니다. 워터스톤스 서점입니다. 무엇을 도와드릴까요?

손님 여보세요? 지금 이 치킨을 요리하고 싶어서 그러는데요.

직원 네… 어떤 문제가 있으세요?

손님 요리책에는 2시간 동안 요리하라고 쓰여 있는데 이게 냉장 상태에서 2시간인지 냉동에서인지 잘 모르겠어요.

직원 함께 고민해볼 만한 문제네요. 하지만 제가 대답할 수 있는 사람인지는 잘 모르겠어요.

손님 그러면 거기 답해줄 만한 사람 있나요?

월 골드스톤, 워터스톤스, 영국 본머스

---

[*] 환각 증세를 일으키는 버섯.

손님 여기 콜 센터인가요?

◆

손님 저희 엄마가 읽을 책을 사고 싶어요. 엄마는 대니얼 스틸Danielle Steel을 좋아하세요.

직원 여기 'S' 밑에 대니얼 스틸의 책들이 있네요.

손님 …그런데요. 엄마가 어떤 책을 읽었고 어떤 책은 아직 안 읽었는지 잘 모르겠어요…. 혹시 아세요?

직원 ….

◆

손님 (직원이 방금 준 서점 쇼핑백을 들고서) 혹시 이 가방 화분에 물 줄 때 사용할 수 있나요?

레나 고어만, 탈리아 북숍Thalia Bookshop, 독일 함부르크

◆

"입소문으로 엄청 많이 들었던 어린이책인데 여기 있나요? 굉장히 유명하고 재미있다고 하더라고요. 제목이 뭐더라? '라이오넬 리치, 그리고 옷장'이었던가?"•

숀 마틴, 프림로즈 힐 북스Primrose Hill Books, 영국 런던

◆

손님 얼음 파나요?

직원 아뇨.

손님 그럼 얼음 딱 세 개만 얻을 수 있을까요?

직원 아뇨.

손님 그러면 두 개는요? 와인을 차갑게 식혀야 하는데….

직원 저희는 얼음을 팔지 않아요.

손님 그래요? 전혀요?

• 『나니아 연대기: 사자, 마녀, 그리고 옷장 The Chronicles Of Narnia : The Lion, The Witch And The Wardrobe』을 잘못 듣고 발음한 것.

직원 네.

손님 그렇군.

직원 (비꼬는 투로) 저 골목 위에 있는 다른 서점에 한번 가보시는 건 어때요?

손님 그런가요? 빨리 가봐야겠다.

직원 …?

손님 (아들에게 『퍼시 잭슨과 번개 도둑』 추천사를 읽어준 후에) 실례합니다, 이 책 실화를 바탕으로 한 건가요?

직원 그 책은 미국의 한 고등학생이 어쩌다 수학 선생님을 날려버린 후에 자기가 포세이돈의 아들이라는 것을 발견하는 이야기인데요?

손님 그래서요?

직원 실화는 아니랍니다.

손님 실례합니다. 이 가게 바닥에 조치를 취하셔야 할 듯한데요.

직원 아, 정말요? 어떤 문제가 있나요?

손님 바닥이 너무 높아요.

직원 죄송합니다. 그 전에는 같은 불만을 제기하신 분이 한 분도 없었어요.

(5분 후에)

손님 다시 왔어요. 제가 꼼꼼히 살펴봤는데 바닥에는 문제가 없네요.

직원 다행이네요. 알려주셔서 감사합니다.

손님 문제는 책장이 너무 낮은 거였어요.

손님 군사나 전쟁 코너가 어디인지 알려주시겠어요?

직원 죄송한데 저희는 워낙 작은 서점이라서 그 주제로 따로 섹션이 마련되어 있진 않아요.

손님 그래요? 전쟁 섹션이 아예 없다고요? 참전 용사들을 추모하는 마음이 없는 겁니까?

직원 찾고 계신 책이 있으면 주문해드릴게요. 아니면 저쪽에 전쟁을 소재로 한 시집이나 소설은 꽤 있어요.

손님 (직원의 말을 무시하며) 무기에 관한 책도 없단 말입니까?

직원 네, 없어요.

손님 혹시 당신 파시스트나 뭐 그런 거요?

◆

손님 『블랙 뷰티』* 있나요?

직원 네 그럼요. 아동서 코너에 다양한 판본으로 나와 있어요.

손님 (손에 책 세 권을 들고) 난 이 책으로 하겠어요. (하드커
버 버전을 주면서) 그런데 다른 두 권은 누가 썼는지 모르겠
네….

사라 헨쇼, 더 북 바지The Book Barge, 영국, 스태포드셔 바톤 마리나

---

* 애나 슈얼Anna Sewell의 명작 청소년 소설로 『흑마 이야기』로도 번역되었다.
블랙 뷰티라는 이름의 말이 주인이 바뀌고 인간들과 살아가면서 겪는
이야기다.

감사의 말

나의 훌륭한 에이전트 찰리 캠벨에게 무한한 감사를 전한다. 그가 파리의 한 서점에서 일할 때 한 손님이 자신에게 치즈 수플레를 뱉었다고 한다. 지금까지도 그 이유는 모른다.

사랑스러운 편집자 휴 바커는 예전에 리핑 얀스 서점에서 일한 적이 있다.

멋진 일러스트를 그려준 그레그, 사랑한다. 특히 십자가에 매달린 버니 토끼 그림은 환상적이다.

제이미와 모라그를 비롯한 '콘스타블 앤 로빈슨 앤 에드 빅터'의 사랑스러운 직원 모두에게 감사를 전한다.

바네사, 맬컴, 베키, 폴리 (그리고 마그누스), 셀리아, 사샤, 셰리, 마리, 글로리아 루신다, 조에게 사랑과 감사를 보낸다.

'엉뚱한 손님들'에 대한 경험담을 나눠준 모든 서점 직원들에게 감사한다. 전 세계의 서점에 엉뚱한 손님들이 찾아온다는 사실에 가슴이 따뜻해졌다(그리고 배꼽을 잡았다).

닐 게이먼과 이 책을 즐겁게 읽고 입소문을 내준 트위터의 멋진 친구들, H.tv.의 모든 분들(조, 로티 고마워)에게도 특별한 감사를 전한다.

곁에서 힘이 되어준 가족, 친구들 고맙다(댄, 닉 고마워).

그리고 늘 감사해. 마일스.